KB261618

키세입니다.

KISEです。

공상하다가 지쳐버리라는 소리를 들은 적 있어요.

空想ばっかしながらくたばれと言われたことがあります。

인간은 자신과 다른 사람을 보고

人間は自分と違う人を見たら

왜 심한 분노를 표출하는 걸까요?

何故ひどく怒りを表出するのでしょう。

잘 모르겠지만, 아직 살아있어요.

よくわかりませんが、まだ生きでいます。

묘사에 재능도 없지만

描写の才能もありませんが

그런 것에 그다지 신경 쓰고 싶지 않았습니다.

そういうのにこだわりながら書きたくはなかったです。

언젠가 이 책에 쓰여 있는 말로 가사를 쓰고 싶어요.

いつかこの本に書き綴られている語で歌詞を書きたいです。

작가를 넘보고 있지 않아요.

作家を目指してはいません。

저는 그렇게 절제할 수 있는 인간이 아닙니다.

私はそれほど節制できる人間ではありません。

머지않아 죽을지도 모른다는 생각이 들어서

そのうち死ぬかも知れない気がしたので

「지금까지의」

「今までの」

인생에 대해 생각하고 있던 것을 적었습니다.

自分の人生について考えていたことを書き綴りました。

세상에서 가장 우울한 사람이 되고 싶은 듯

私が世界で一番憂鬱な人になりたいかのように

보일지도 몰라요.

見えるかも知れません。

그건 단지 무감각했을 뿐이에요.

それはただ無感覚になっただけです。

불친절한 글이지만

不親切な文ですが

뭐야 이 미완성인 글은! 이라고 화내주세요.

なんだこの未完成な文は！と怒ってください。

그건 그렇고 「완성된」 존재에는 뭐가 있나요?

それはそうと「完成された」存在には何がありますか？

1

1

태어나면서부터 불쌍한 우리는

生まれた時からかわいそうだった私たちは

완전히 무너지는 법을 배워야 한다.

完全に崩れる方法を習うべきだ。

어중간하게 구부러져 있는 것은

中途半端に曲がっているものは

항상 불안하고 머리가 아프다.

いつも不安で頭が痛い。

결핍된 것은 스스로 억제할 필요가 있다.

欠乏されたものは自ら抑制する必要がある。

자신에게 젖어 고립돼야 한다.

自分に浸って孤立されるべきだ。

점적하는 두려움은 우습게도

覗いてみた恐怖は滑稽にも

다가오는 모든 것을 오인하고

近寄る全てを誤認して

부정 속 변명으로 소모된다.

否定の中の言い訳として消耗される。

양립하는 데 그치지 않는

両立するだけにとどまらず

무감각과 통증의 모순적 공생으로,

無感覚と痛みの矛盾的な共生によって、

떨어진 자신을 구해달라고 슬퍼할 때

落ちた自分を助けてほしいと悲しむ時

누구도 대답하지 않는 그 순간을 만끽할 때

誰も答えないあの瞬間を満喫する時

가련한 우리들은 웃는다.

可憐な私たちは笑う。

약함을 타고난 것은 그때로 회귀해야 한다.

弱さを生まれ持ったものはあの時へ回帰するべきだ。

호흡이 불가능할 정도로 아플 때 격통은 사라진다.

呼吸ができないほど痛い時、激痛は消える。

2

바다는 추웠다.

海は寒かった。

새까맣지도 않은 게

真っ黒でもないのに

전부 삼킬 듯 웅장했다.

全てを呑み込むかのように雄大だった。

그런데 어째서 긴장하고 있어.

なのにどうして緊張しているの。

단단해진 모래는 바위 같았고

固くなった砂はまるで岩のようで

바다는 정말 넓어서

海はとても広くて

어디를 보고 있는지 알 수가 없다.

どこを見ているのかわかりやしない。

조금 울어버린 것 같았다.

少し泣きそうになった。

3

본심을 손에 넣어본 적 없지만
本心を手に入れたことはないけれど
그런 게 존재한다면
そういうのが存在するのなら
그걸 상처입히는 건 생명이라도
それを傷つけるのはたとえ生命だとしても
용서 못 해.
許さない。

4

무엇으로 살아난 것일까.

何によって生き返ったのか。

찾을 수 있는 게 아니었다.

探せるものではなかった。

이유 따위는 아무래도 좋을 대로

理由などどうでもいいまま

살아났으니

生き返ったから

살아버렸으니 살아간다는 문제.

生き返ってしまったから生きていくという問題。

그런 일에 사로잡혀 연명하고 있다.

そんなことに捕らわれて延命している。

죽음에서 멀어지게 된 것이 아니라

死から遠ざかったわけではなくて

그저 「살았다」는 것을 알고 있어.

ただ「生きていた」ということは知っている。

5

보고 있으면

見ていると

너무나 마음이 아파지는 무언가 있다.

とてつもなく心が痛くなる何かがある。

그건 이 세계에 없어서

それはこの世界にはなくて

아무도 건드릴 수 없다.

誰も触れることはできない。

일순 적막을 터뜨리는 불길처럼

一瞬寂寞を破裂させる炎のように

한 줄기 한 줄기가 소중해서.

一筋一筋が大切で。

나는 어디를 보고 있어?

私はどこを見ているの？

6

자신의 생명을 가볍게 여긴다는 것이
自分の生命を軽々しく思うということが
과연 죄가 될까.
果たして罪になるのだろうか。

7

태양도 달도 모두 빛나고 있지만

太陽も月もみんな輝いているけれど

달빛 따위, 사실 아무것도 아니야.

月の光など、本当は大したことない。

아무것도 비출 수 없는 불쌍한 존재.

何も照らせない哀れな存在。

자신까지 어둠에 휩쓸리지 않도록

自分まで闇に呑み込まれないように

온종일 울먹이는 가여운 존재.

ひたすら涙ぐむ哀れな存在。

8

세계의 아이러니 따위에

世界のアイロニーなどに

적당히 울게 해달라고 마음속으로만 갈망하고

適当の泣かせてほしいと心の中でだけ渇望し

신을 믿지 않지만

神は信じていないが

자신도 모르는 사이에 신을 찾으며

気づかないうちに神を探し求め

이룰 수 없다는 것을 알면서도

叶えられないと知っていながらも

발버둥치는 가련함 같은 게 필요한 걸까.

もがく可憐さみたいなのが必要なのかな。

9

영원한 찬란을 이룩한 도시

永遠の燦爛を成し遂げた都市

생명을 받아 전시하는 상표의 경례

生命を貰い受けて展示する商標の敬礼

제복을 입고 착석한 이합집산 교실

制服を着て着席した離合集散の教室

누군가의 이름이 불리지 않아도

誰かの名前が呼ばれなくても

「아, 이제 내 차례인가」 할 뿐이야.

「あ、もうすぐ私の番か」と言うだけだ。

모두에게 낯익은 전경

皆にとって見慣れた全景

여기 있는 이유는 이런 것 때문이야.

ここにいる理由はこんなことのためだ。

화분을 받으러 탑승한 전차 가득

植木鉢をもらいに乗り込んだ電車にぎっしり

나태한 까마귀의 오전 환상

怠惰なカラスの午前の幻

알 수 없는 존재에 세뇌된 채로

得体の知れない存在に洗脳されたまま

목적을 위해 누군가를 공멸한 손으로

目的のために誰かを討った手で

무엇이 진실인지 판별할 수 없음에도

何が真実なのか見極めないにもかかわらず

신에게 심판을 강요하고

神に裁きを強要し

재단할 수 없는 신 따위 실격이라 말해.

裁けない神など失格だと言う。

손에 들린 씨앗은 발아할 수 없어.

手に持っている種は発芽できない。

생명의 호스티스에 생명은 없어.

生命のホステスには命はない。

어차피 말라 죽을 미래를 구축하고서

どうせ干からびて死ぬ未来を構築しといて

새벽 내내 아파서 울다가도

夜中ずっと痛くて泣きながらも

아침이 오면 환생을 쫓는 일상

朝が来れば転生を追う日常

일탈은 나쁜 아이의 전유물이야?

逸脱は悪い子の専有物なの？

어차피 재가 되든 흙이 되든

どうせ灰になろうが土になろうが

죽는 인생사에.

死ぬという人生で。

언제나 혼자는 아니었어도

いつも一人ではなかったけれど

괜히 우울함을 느끼고, 한심하고, 연약해서.

わけもなく憂鬱さを気どり、情けなく、軟弱で。

어느샌가 허무해진 자신을 발견하고

いつの間にかだらしなくなった自分を発見して

어쩔 수 없는 여자라고 생각했다.

仕方のない女だと思った。

정말 많이 생각했어.

本当に色々考えてみた。

힘들었던 그간의 모든 것은

辛かった今までの全てのことは

편히 잠들지 못했고

安らかに眠ることができず

대화가 끊기면 무언가

会話が途切れると何かが

그 틈을 비집어 인상을 쓰게 했어.

その隙間を割り込んできて顔を歪ませた。

이런저런 손에 잡혔던

あれこれ手にしていた

그런 생각을

そんな考えを

과감하게 쏟아냈던 나는

思い切ってぶちまけた私は

뭘 원했을까.

何を望んだのだろう。

잊고 싶어서? 찾고 싶어서?

忘れたくて？探したくて？

자신의 존재만으로도 혼잡해서 울어버려.

自分の存在だけでも混雑で泣いてしまう。

괴롭지 않았던 건 아니지만

辛くなくはなかったけれど

불편하기만 한 기억은 없다고.

不便な思いばかりした記憶はないんだ。

더 이상 고통스럽지 않아.

もう苦しくない。

친절하거나, 밉다든가

親切だったり、憎かったり

어느 쪽이든 그 아이는 성장해서 어른이 될 거야.

いずれにしてもあの子は成長して大人になる。

좋아하는 남자를 만나서 저녁을 먹자.

好きな男と会って夕食を食べよう。

그러니까 그런 건 이제

だからそういうのはもう

아무래도 상관없다고 생각돼서

どうでもいいと思うようになってきて

외롭지 않아.

寂しくない。

자신의 약점을 받아들이기는 생각보다 어렵다.

自分の弱点を受け入れることは思ったより難しい。

그런 마음을 말하면서도 곧 도망가고 싶어진다.

そんな気持ちを述べながらもすぐに逃げたくなってしまう。

13

상처입고 나서 되돌아보는 나 자신 따위
傷ついてから振り返ってみる自分自身なんか
지키고 싶다고 생각하지 않아.
守りたいと思わない。

14

사소한 행동에 의미를 두지 않는 것처럼

些細な行動に意味を持たないように

인생에도 의미를 두지 않는 것은 불결인가.

人生にも意味を持たないということは不潔なのか。

금단의 구역을 찾으면 상처받고 말아.

禁断のエリアを見つけたら傷ついてしまう。

깨끗한 채로 남는 건 의미가 있어?

きれいなまま残るのに意味はあるのか？

12월의 역 주변은 떠들썩했다.

12月の駅の周りは賑やかだった。

많은 트리.

ツリーがいっぱい。

그 위에 꽂힌 오너먼트는 눈부셨다.

その上に飾られているオーナメントは眩しかった。

크리스마스까지 조금 남았는데

クリスマスまでまだちょっと遠いのに

벌써 크리스마스 같아.

もうクリスマスみたい。

크리스마스는 상실돼버려.

クリスマスは喪失されてしまう。

별로 구제받는 인간도 없고
別に救われる人間もいなくて
끝내 전멸도 하지 않는 그런 것.
最後に全滅もしないそういうの。
신은 그런 것을 좋아하니까.
神はそういうのを好むから。

끝나버린 시간과 버려진 모래로 가득 찬

終わってしまった時間と捨てられた砂で満ちている

밤의 놀이터는 우울하다.

夜の遊び場は憂鬱だ。

내뱉고 내뱉는 것도 지겨운 사정.

吐き出して、また吐き出すのもうんざりする事情。

뭔가 말한다면 혼잡해져버려.

何かを言ったら混雑になってしまう。

인생이 끝나도

人生が終わっても

식어 빠진 모래 위에 남아도 괜찮으니까

冷めきった砂の上に残されても大丈夫だから

이대로 여기에 버려지길 바랐다.

このままここに捨てられたいと願った。

인생이라는 건 생명의 일부인 것일까.

人生とは生命の一部なのだろうか。

생명이 없다면 인생을 잃어버리는 거야?

生命がなくなったら人生を失うことになるのか？

본심 따위는 생각도 하지 않았던 내가

本心など考えもしなかった私は

인생을 잃는다는 두려움을 알 수는 없었다.

人生を失うという怖さを理解できなかった。

이 세계는 불친절한 존재.

この世界は不親切な存在。

어떤 이유도 모르고서

なんの理由もわからないまま

죽음을 안고 나아가도록 만들어버린 존재.

死を抱いて進めるように押し付けた存在。

숨을 쉬게 되었다고 해서

息をするようになったとして

「살아 간다」고 말할 수 있을까.

「生きていく」と言えるのだろうか。

불꽃놀이가 시작되면

花火が始まると

모든 말을 멈춰.

言葉を全部止めて。

뭔가 말하려 해도 묵살될 거야.

何かを言おうとしても無視される。

시간의 틈을 남기고

時の割れ目を残して

차례로 터져가는 불꽃,

順番に弾ける花火、

마치 두 사람의 심장박동 같아.

まるで二人の心拍のようだ。

침묵한 채로

黙ったまま

알고 있다 말했어.

知ってると言った。

좋아한다고 했어.

好きと言った。

그렇게 계속 울었어.

そうやってずっと泣いた。

마음을 숨기지 않고 있으면 언젠가

心を隠さないままでいるといつか

모든 진실을 알게 될 거라고 믿고 있지만

全ての真実を知ることになると信じているけど

애초에 「진짜 자신」으로 살아가는 사람들이 있어?

そもそも「本当の自分」で生きていく人っているのか？

죽었다.

死んだ。

그것은 무엇을 의미하는 거야?

それは何を意味するの？

잃어버린 삶을 의미하는 걸까.

失くした生を意味するのかな。

그렇지 않으면 죽음도

そうではないとしたら死もまた

인생의 일부라는 것을 말하려는 걸까.

人生の一部であるということを言おうとしているのかな。

활기찬 분위기에 섞여

賑やかな雰囲気に溶け込んで

「아, 살아있네」라고

「あ、生きてる」と

착각하는 편이 좋으니까.

勘違いしている方がもっと好ましいから。

따뜻함을 모르는데

暖かさを知らないのに

채워지고 싶다고 바라는 건 무리야?

満たされたいと願うのは無理なの？

해동된 과일은 폐해의 발육 같아서

解凍された果物はまるで弊害の発育のようで

그냥 이대로 어딘가 탈락된 형태로.

ただこのままどこか脱落した形で。

아무런 의심도 없이

なんの疑いも持たないで

세계와 평행한 길로 누워 여기까지 왔다.

世界と平行な道に横たわってここまでやって来た。

그러다 어느 순간

そしたらある時

나는 지금까지 「유사 따위였나」 하고 마음이 갈라졌다.

私は今まで「流砂に過ぎなかったか」と心が割れた。

인간이라는 것은

人間というものは

자신의 신념을 무시해버린 인간을 매도할 뿐이야.

自分の信念を無視した人間を罵倒しているだけだ。

정말 근면하다니까.

本当にマメだよね。

한여름에 태어난 아이는

真夏に生まれた子供は

여름을 싫어한다.

夏が嫌いだ。

여름이 되면 항상 아파서

夏になるといつも体調を崩して

정말 싫다.

本当嫌いだ。

여름 방학이 지나면 모두 떠나가서

夏休みが終わるとみんな行ってしまって

정말로 괴롭다.

本当に辛い。

살아난 것은

命のあるものは

생명에 경외를 가지듯

生命に対して畏敬の念を抱くように

한여름에 태어난 아이는

真夏に生まれた子供は

여름을 경계하며 살아가.

夏を警戒しながら生きていく。

아무리 빠져나가려고 해도

いくら抜け出そうとしても

살아보려고 해도

生きてみようとしても

세상은 순식간에 무력하게 해버려.

世界は瞬く間に私を無力にする。

아무리 살고 싶다 외쳐도

いくら生きたいと叫んでも

세계의 허락 없이는

世界の許しがなければ

의미를 가질 수 없는 존재였나.

意味を持つことのできない存在だったのか。

멋대로 빼앗아도

勝手に奪っても

분노할 수밖에 없는 우리들은

怒り狂うことしかできない私たちは

그런 우리들의 발버둥은

そんな私たちのあがきは

정말 별거 없네.

本当に大したことないんだね。

세계는 우리를 소중히 여기지 않아.

世界は私たちを大切にしない。

누군가가 소중하다는 생각은 나에게만 있어.

誰かを大切に思う気持ちは自分にだけ存在する。

전부 약해져 있었다.

何もかも弱くなっていた。

위태로웠던 날들은 안정되어 갔다.

危うかった日々は徐々に落ち着いていった。

이런 건 싫다고 외쳐도 그 순간 눈물짓지 못했다.

こんなのは嫌だと叫んでもその瞬間涙ぐめなかった。

어디까지 의의가 있는 나날,

どこまでも意義のある日々、

의미가 없는 건 깨져야 해?

意味のないものは砕かれるべきなの？

행복했던 기억을 살려내고 싶어.

幸せだった記憶を蘇らせたい。

이미 훌쩍 커버린 세계의 것들로는 무리일까.

もうぐっと大きくなった世界のものでは無理だろうか。

우리들은 처음부터 망가졌고

私たちは最初から壊れていて

망가진 것은 망가졌을 뿐

壊れたものは壊れただけ

망가진 적 없는 것이 될 수 없다.

壊れたことのないものにはなれない。

그런 것은 망가진 채로 존재할 때

そういうものは壊れたまま存在する時

마침내 존재 의미를 갖는다.

ついに存在する意味を持つことになる。

누군가에게 철저히 부식될지라도

誰かによって徹底に腐食されることになっても

탈피의 불가능성을 들여야 한다.

脱皮の不可能性を入れるべきだ。

나는 처음부터 망가졌다고.

私は最初から壊れていると。

죽음을 위해 사는 쪽에는 절망이 있고

死のために生きる側には絶望があり

생명을 향한 쪽은 상처받지 않는 걸까.

生命の方を向いている側は傷つかないのかな。

눈을 감고 보이지 않는 신에게
目を閉じて見えない神に
무언가 원한다고 하는 것은
何かがほしいと願うことは
어차피 잡지 않을 그를
どうせ引き止めない彼を
한 번 더 돌아봤던 그때 내 모습 같아서
もう一度振り向いたあの時の自分の姿みたいで
나는 신 따위 믿지 않아.
私は神など信じない。

누구를 만나도
誰に会っても
그 사람이 어떤 얼굴을 하고 있었는지
その人がどんな顔をしていたのか
전혀 생각이 나지 않았다.
全く思い出せなくなった。

꿈 속에 있을 법한 가사를 좋아해.
夢の中に存在しそうな歌詞が好き。
돌아갈 수 없다는 말이 좋으니까.
戻れないという言葉が好きだから。

통학로에서 너는 뭘 생각하고 있어?

通学路で君は何を考えているの？

오늘도 결코 대답하지 않겠습니다.

今日も決して答えません。

오늘도 자신을 죽이고

今日も自分を殺して

평화를 얻고 싶다고 말해 봐.

平和を得たいと言ってみて。

쓸데없는 조언이야.

余計なアドバイスなんだよ。

단지 네가 좋은 사람이라는 걸 보여주고 싶었잖아.

ただお前がいい人だってことを見せたかっただけだろ。

살고 싶은 건 어떤 감각이야?

生きていたいのはどんな感覚なの？

어린 날들은 파열돼 피가 났어.

幼き日々は破裂して血が出た。

함께 먹은 석류처럼 붉은 피는

一緒に食べたザクロのごとく赤い血は

지금도 얼룩이 졌어.

今もシミが残っている。

이제 여기에는 없어.

もうここにはいない。

생명을 소중히 하는 사람이 존재하듯이

命を大切にする人が存在するように

죽음에 가치를 느끼는 인간도 있어.

死に価値を感じる人間だっている。

사실은 온통 이기주의일 뿐이잖아.

本当は何もかもエゴに過ぎないんじゃないのか。

힘을 내서 하루 세 번 밥을 먹으려고 노력했다.

頑張って一日三食してみようと努力した。

입맛이 없어도 적당한 시간에 밥을 먹어야

食欲がなくても適切な時間にご飯を食べてこそ

건강한 기분이 된다고 아버지는 말했다.

元気な気持ちになるのだと父は言った。

의식적으로 살아보려고 했는데

意識的に生きてみようとしてみたが

오히려 마음이 아파졌다.

むしろ心が痛くなった。

짧은 꿈은

短い夢を

잊을 수 없다.

忘れることができない。

얼마 안되는 목숨은

残りわずかの命は

가슴이 아프다.

心が痛くなる。

그러니까,

だから、

인생은 쉽게 잊혀진다.

人生は簡単に忘れられる。

이런 어른이 되고 싶었던 게 아니야.

こんな大人になりたかったんじゃない。

차라리 조숙한 여중생이 되는 게 좋겠어.

いっそませた女子中学生になった方がマシね。

통증은 약한 모래

痛みは柔い砂

홀로 쌓을 수 없는 한 줌의 모래성.

一人では作れない一握りの砂の城。

내가 미움 받는 건

私が嫌われる理由は

어딘가 난 구멍으로 온기가 새는 탓이야.

どこかぽっかり空いた穴から温もりが漏れているせいだ。

사랑하는 방법을 몰라서

愛する仕方がわからなくて

기대하고 있는 누군가에게 상처 줄 뿐이야.

期待している誰かを傷つけるだけだ。

젖은 얼굴은 닦아도 그대로인데

濡れた顔は拭いてもそのままなのに

웃음은 쉽게 사라져.

笑顔はあっさり消える。

절망한 끝에 떠올랐을 때
絶望の先で浮かび上がった時
망가지는 것도 좋은 선택이라고.
壊れるのもいい選択なんだと。

그날 밤 어항이 어디에 있었든

あの日金魚鉢がどこにあったとしても

무슨 상관이야.

関係ないさ。

소금통을 엎질러버렸다고 해도

塩の瓶を倒してしまったとしても

문제가 되는 것은 뭐가 있는데.

何が問題だというのだ。

금붕어는 관심도 없고

金魚には興味もないし

네가 만든 것을 먹고 싶지도 않아.

お前が作ったものは食べたくもない。

솔직해지고 식어버리는 게 어때?

素直になって冷めてしまったらどう？

말할 수 있을 리가 없잖아.

言えるわけないじゃん。

아프지 않게 된 것은 그런대로

痛くなくなったのはまあまあ

신경 쓰지 않으면 좋겠는데

気にしないでほしいんだけど

무감각을 씻어내려다 상처를 입고

無感覚を洗い落とそうとして傷ついて

약이라면 여기 있어,

薬ならここにあるよ、と

말할 수 있을 리가 없잖아.

言えるわけないじゃん。

벌써 울어버리니까.

もう泣いてしまうんだもの。

파란 물고기가 좋아.

青い魚が好き。

바다를 정말 두려워하는 사람인데

海が怖くて仕方がない人なのに

어째서 물고기는 좋아.

何故か魚は好き。

파란색이 아니면 흥미 없지만

青じゃないと興味ないけど

가지고 있는 것에는 전부

持っている物には全部

파란 생선 무늬가 들어 있어.

青いお魚さん柄が入っている。

그럼 내가 하는 모든 것이

そうすると私の為す全てが

자유를 얻을 수 있다고 생각해서

自由を得られると思ったから

그것들을 보면서

それらを目にしながら

자유란 저런 거야, 웃었고

自由とはああいうものだ、と笑って

꼬리를 흔들며 헤엄치다

尾鰭を振りながら泳いで

어딘가 도달하겠지, 희망을 품었어.

どこかにたどり着くだろう、と希望を抱いた。

나도 자유로워진다고

私も自由になるんだと

자기 암시의 그늘이었지만.

自己暗示の影に過ぎなかったが。

내일은 열심히 살려고 잠들어.

明日は頑張って生きていくために眠る。

그냥 편하게 자고 싶다는 주문이야.

ただ安らかに眠りたいというおまじないなんだ。

이렇게나 도망가고 싶다고 생각하면서

こんなにも逃げたいと思っているのに

놓을 수 없는 건

放せない理由は

어쩌면 나를 지탱하는 것은 당신일지도 몰라.

もしかすると私を支えているものはあなたなのかもしれない。

54

나쁜 꿈을 꿔도 불쾌하지 않았어.

悪い夢を見ても不快に思わなかった。

눈을 뜨고 느껴진 이질감에

目を開けた時感じられた異質さに

아직 꿈에 쫓기고 싶다고 생각했어.

まだ夢の中で追われたいと思った。

누군가를 위해 사상될 존재,

誰かのために捨象される存在、

사건의 지평선에서 울먹이는 아이는

事件の地平線で涙ぐむ子供は

쉽게 아픈 탓에 농담을 잃고

よく病気に侵されるせいで冗談を失い

공해 속에 갇힌 것은 익숙하니까

空海の中に閉じ込められるのは慣れているから

괜찮다고 말해.

大丈夫だと言うんだ。

젖은 목련 위를 걸어 봤다.

濡れたモクレンの上を歩いてみた。

이렇게 손에 넣은 행복

こうやって手に入れた幸せ

웃는 내 자신이 너무 싫어지고 말아.

笑っている自分がひどく嫌になってしまう。

비친 것만 찾아내 웃는

照らされたものだけ探しては笑う

아이 같은 누나는 성가시니까

子供みたいな姉は鬱陶しいから

자, 이별이야.

さあ、お別れだ。

누군가 호기심에 건드린 마음은

誰かが好奇心で触れた心は

침묵 속에 상처입어가.

沈黙の中で傷ついていく。

파고드는 존재에 동화되어 세계를 비관하고

踏み込む存在に同化されて世界を悲観し

나 자신조차 부정해버림으로써

自分自身さえ否定してしまうことで

이대로 멈추게 해줘.

このまま止まらせてほしい。

고독이 되고 싶다는 소원은

孤独になりたいという願いは

점점 인파에 흐르게 됩니다.

どんどん人波に流れてしまいます。

아무것도 바라지 않는 존재는

何も望まない存在は

자고 있는 사이 적막 속에 버려집니다.

寝ている間寂寞の中に捨てられます。

여기에는 아무것도 없습니다.

ここには何もありません。

어설프게 뭔가를 껴안으면

下手に何かを抱きしめると

자신을 잃게 될지도 몰라.

自分を失うことになるかもしれない。

하늘로 돌아가면

空に帰ったら

나도 기꺼이 받아질 거야.

私だって喜んで受け入れてくれるはず。

약한 것도

弱いものも

비겁한 일도

卑怯なことも

전부 거기 있어.

全部そこにある。

아무도 싸울 수 없어.

誰も戦えない。

누군가는 빛을 잃지 않도록

誰かは光を失わないように

필사적으로 울게 되고

必死で泣くことになり

누군가는 잊히고 싶다며

誰かは忘れてほしくて

입을 다물 곳.

口を閉じる場所。

남에게 관심을 가질 만큼

他人に興味を向けるほど

상냥한 세상이 아니야.

優しい世界じゃない。

그러니까,

だから、

하늘로 돌아가면 나도

空に帰ったら私も

이상한 아이가 아니라

変な子じゃなくて

수많은 것 중 하나가 될 수 있어.

数知れないものの一つになれるんだ。

눈부신 것은 금성.

眩しいのは金星。

그런데도 우리는 같은 존재,

それなのに私たちは同じ存在、

아무도 제대로 기억해주지 않아.

誰もちゃんと覚えてくれない。

너무 쉽게 다른 것과 혼동됩니다.

あまりにも簡単に他のものと混同されます。

당신보다 빛나는 것에

あなたより輝いているもののせいで

밀리는 기분은 어때요?

後回しにされる気分はいかがですか？

가끔 스스로 작동을 멈추는 것은

たまに自分で作動を止める理由は

진짜 금성이 되고 싶었기 때문인가요?

本物の金星になりたかったからですか？

어디를 향해 갈까.

どこに向かって行こうか。

어디에도 통증은 호흡하고 있어.

どこにも痛みは呼吸している。

그러니까 어디라도 좋아.

だからどこだっていい。

남겨진 것을 사랑하게 되었기 때문에.

残されたものを愛するようになったから。

상대와 이야기하는 것이 지겨워졌기 때문에.

相手と話すことに飽きてしまったから。

온갖 검은색으로 가득 찬 그곳에서

様々な黒でぎっしり詰まったその場所で

너는 눈부시지 않을 만큼만 빛나고 있었어.

君は眩しくない程度に光っていた。

아무도 본 적 없는 나만을 위한 무언가

誰も見たことのない私にだけ見える何かが

눈앞에 나타나 준다면

目の前に現れてくれるなら

달콤한 것이든 음침한 것이든

それが甘いものでも陰険なものでも

절대 잊고 싶지 않을 테니까.

決して忘れたくないはずだから。

어디에나 의지하고 싶었다.

どこにでも頼りたかった。

실제로도 그랬고.

実際そうだったし。

그렇게 하는 건 나쁜 걸까?

そうすることは悪いことなのかな？

도사리고 있어.

潜んでいる。

어린 시절의 숨바꼭질

子供の頃のかくれんぼ

끝까지 찾지 말았으면, 바랐어.

最後まで探さないで、そう願った。

누군가가 나를 의식하고 있는 것은

誰かが私を意識しているということは

괴로운 일이니까.

辛いことだから。

모두에게 잊히면

みんなから忘れられると

겨우 안식을 얻어.

やっと安らぎを得る。

「아아, 자유란 이런 것이었나」

「ああ、自由とはこういうものだったのか」

어디까지라도

どこまでも

쓰레기 같은 것에도

ゴミみたいにものにでも

우리들은 관련되어 있으니까

私たちは関わっているから

불쌍하네.

かわいそうだね。

부정적인 것은

否定的なことは

강해서 도망치지 않는다.

強くて逃げない。

그러니까,

だから、

이 상처도 무엇도

この傷も何もかも

약물 따위로 사라지지 않는다.

薬物なんかでは消えない。

67

아픈 존재는

痛い存在は

아픈 존재를 만나서

痛い存在に出会い

아픈 것이 아니게 되고

痛くなくなり

그렇지 않은 관계는

そうではない関係は

좀 더 분명하게 아파질 거야.

もっと確かな痛みを得ることになる。

어쩐지 맛이 나지 않는다.

なんだか味がしない。

좋아했던 소바도

好きだったそばも

전혀 좋아하지 않는 것 같다.

全く好きじゃないみたいた。

상냥한 마음을 받으면
優しい心をもらったら
역겨워 도망가고 싶어진다.
気持ちが悪くて逃げたくなる。
당신이 즐기고 있는 것에 동조하지 않으면
あなたが楽しんでいることに同調しないと
그때는 완전히 패해 버려.
その時は完全に負けてしまう。

전하지 못한 것도

伝えられなかったことも

이미 전하고 없는 것도

もう伝えてそこにないことも

서로를 안고 울어.

互いを抱きしめて泣くんだ。

그때의 우리가 그런 것처럼.

あの時の私たちがそうしたように。

무언가 좋다고 말하면

何かが好きだと言ったら

「네가 좋은 건 나도 좋아」

「君が好きなものなら僕も好き」

노래도 글도 아닌

歌でも文でもない

내가 좋다는 의미만 가득해.

私が好きという意味だけが溢れている。

그런 걸 원치 않는데

そんなのは望んでいないのに

함께 행복해지고 싶은데

一緒に幸せになりたいのに

누구도 그렇지 않게 되었어.

誰もそうではなくなった。

이제

もう

그만둘까?

やめようか？

인간은 사소한 행동에도 꽤 호화로운 구실을 붙여

人間は些細な行動にもかなり豪華な口実をつけて

자신을 아무것도 할 수 없게 해버린다.

自分に何もできなくさせてしまう。

그것이 사는 사람의 「어쩔 수 없음」이지만.

それが生きていく人の「仕方なさ」だけれども。

벗어나고 싶은 건

抜け出したいことは

놔주지 않고

離してくれないし

함께하고 싶으면

一緒にいたくなると

어쩐지 만날 수조차 없어.

何故だか会うことすら叶わない。

너무 쉽게 누군가를 싫어하고

あまりにも簡単に誰かを嫌いになるのに

좋아하는 건 맘대로 안 돼.

好きになるのは思うようにいかない。

시답잖은 안부와

くだらない安否と

그냥 침묵해버리는 것은

ただ沈黙してしまうことに

무엇이 다른 걸까.

どんな違いがあるのだろう。

순수하게 다가가면

純粋に近寄ると

평정은 깨져버리고

平定は砕けてしまい

곧바로 믿어버리면

すぐ信じてしまうと

아무렇게나 이해당하고

勝手に理解されて

조금만 신중해도

少しだけ慎重になっても

돌아갈 길이 막히게 돼.

帰り道を塞がれてしまう。

무엇이 맞는 걸까.

何が正しいんだろう。

어떤 대답이라도 우리는 그만두자.

どんな返事だろうが私たちはやめよう。

그리운 마음만 쌓여도 지겨우니까.

恋しい思いだけが募ってもうんざりするから。

혼자 있으면 아무렇지 않아.

一人でいるとなんともない。

누군가 괜찮냐고 물으면

誰かに大丈夫なのかと聞かれたら

어딘가 망가진 아이 같아서

どこか壊れた子みたいで

내가 싫어지고 말아.

自分が嫌いになってしまう。

무정한 나의 모습을 눈치채고

無情な私の姿に気づいて

사랑받으려 노력하는

愛されるために努力する

너의 상냥함에

君の優しさによって

내가 싫어지고 말아.

自分が嫌いになってしまう。

고가 밑을 지나면서

高架の下を通り過ぎながら

집 앞 편의점에 우유를 사러 가는 것

家の前のコンビニに牛乳を買いにいくこと

그것은 인생이 아니다.

それは人生ではない。

해무를 발견하고서

海霧を発見して

봉투를 내던지고 셔터를 누르는 것

袋を放り投げてシャッターを切ること

그것은 추억이 아니다.

それは思い出ではない。

우리는 소중한 것에

私たちは大切なことに

너무 냉혹한 부분이 있다.

冷酷すぎる部分がある。

마실 수 없는 대용량의 우유

飲めない大容量の牛乳

어차피 잊어버릴 갤러리의 내용

どうせ忘れてしまうギャラリーの内容

기억은 용서하지 않는다.

記憶は許さない。

그저 불쌍한 얼굴을 하고 있을 뿐이다.

ただかわいそうな顔をしているだけだ。

돌아가고 싶지 않아.

戻りたくない。

그때의 나도 보고싶지 않아.

あの頃の自分も見たくない。

나는 단지 그때의 내가 무척이나 좋았어.

私はただあの頃の私がとても好きだった。

그래도 돌아가고 싶지 않아.

でも戻りたくない。

그때의 나도 보고싶지 않아.

あの頃の自分も見たくない。

그때의 내가 무척 좋았을 뿐이야.

あの頃の自分がとても好きだった、ただそれだけなの。

그때의 내가 좋았다고

あの頃の自分が好きだったと

울먹이는 것 외에는

泣きそうになること以外は

전부

何もかも

무력해져서 나는

無力になって私は

그때의 내가 좋았다고 울먹일 뿐이야.

あの頃の自分が好きだったと泣きそうになるだけなの。

누구와도 얽혀 있지 않으면

誰かと絡んでいないと

어떤 모습의 인간이라도 만족할 텐데.

どんな姿の人間だろうと満足するはずなのに。

내가 바라는 것은 여기 없어.

私が望んでいるものはここにはない。

불친절한 이 세상에 보답할 생각은 없어.

親切ではないこの世界に恩返しをするつもりはない。

내가 바라던 것을 손에 넣어

私が望んでいたものを手に入れて

살아간다고

生きていくと

지금 살아가고 있다고 몇 번이나 반복하겠어.

今生きていると何度でも繰り返してやる。

사라지는 것도 마음대로 못 해.

消えることも好きにできない。

잊는 것도 맘대로 할 수 없어.

忘れることも好きにできない。

마음대로 되는 게 있다면

好きにできることがあるとするならば

그건 내 마음 따위가 아닐 거야.

それは私の心なんかではないはず。

끝내 모를 누군가의 사정

最後まで知ることのできない誰かの事情

건드렸다가는 나만 남겨두고 전부 다 행복해져.

触れたら私だけ置いといてみんな幸せになる。

서로가 아니라면 아무도 모르는 이야기를

お互いじゃないと誰も知らない話を

그 사람과 해본 적 있다.

あの人としたことがある。

잠시나마 구원받았다.

少しの間救われた。

언제까지나 함께 할 수 있다면 겁낼 것은 없다.

いつまでも一緒にいられるのなら怖いことはない。

한순간이라도 떨어져 있으면 견딜 수 없다.

一瞬でも離れてしまうと耐えられない。

구제된 걸까

救われたのかな

버려진 걸까

捨てられたのかな

매일 아파도

毎日痛くなっても

버려진 거야, 위안 삼았어.

捨てられたんだ、と自分を慰めた。

아프지 않게 되어도

痛くなくなっても

구제된 걸까, 믿지 못했고.

本当に救われたのかな、と信じられなかった。

용서하기 어려운

許しがたい

귀찮은 놈이라고 해도

面倒くさい奴だと言われても

나에게 남는 건 당신 하나니까

私に残っているのはあなただけだから

벽에 미끄러져 울었어.

壁に滑り倒され泣いた。

그렇게 울다가도

そうやって泣きながらも

구제된 걸까

救われたのかな

버려진 걸까,

捨てられたのかな、

이제는 말이야

もうさ

나도 모르겠으니까.

知らねえ。

기억해주지 마.

記憶に残さないで。

의미도 없이 토한 것은

意味もなく吐いたものは

그냥 버리는 편이 좋아.

そのまま捨てた方がいい。

사소한 일이

些細なことが

눈치채지 못할 것 같은 이야기가

気づけなさそうな話が

생명을 가지게 된다는 게

命を持つようになるということが

얼마나 지독한 일인지

どれだけ酷いことなのか

너는 모를 거야.

君は知らないだろう。

물 한 잔을 마셔도

水を一杯飲むことさえ

뭔가 방해해서

何かに邪魔されて

제대로 마실 수가 없어.

ちゃんと飲めない。

잊어버릴 수 없는 일상은

忘れることのできない日常は

그때의 당신과 굉장히 닮아서

あの時のあなたととても似ていて

이젠 사라져줘, 울고

もう消えてくれ、と泣いて

다음날 아침 물을 마시다

次の日の朝、水を飲んでいると

어제처럼 목이 막혀.

昨日のように喉が詰まる。

결여된 것은 반짝임을 찾아가.

欠如されたものは煌めきを辿っていく。

그렇게 보일 뿐

そう見えるだけで

자신에게 없는 것 때문이야.

自分にはないものだから。

틀림없이 누군가를 위해서야.

きっと誰かのためなんだ。

유희쯤 손 위에 얹어 놓고

遊戯など手の上に載せて

이러쿵저러쿵 낙담하여

どうのこうのと落胆して

내일이 되면 사라지는 것을 사랑해도

明日になると消えてしまうものに恋をしても

아무것도 없어.

何もない。

이렇게 노력한다고

こんなに頑張ったところで

행복해질 리도 없고

幸せになるわけもなくて

이미 빠진 것은 구해내도

すでに溺れたものは助けたところで

그런 냄새가 나.

ああいう匂いがするんだ。

그것은 사라지지 않으니까

あれは消えないから

사랑받지 못한 것을 사랑해도

愛されないものを愛したところで

아무것도 없어.

何もない。

전혀 먹고 싶지 않지만

全く食べたくないけど

그렇게 되면 아파지고

そうすると痛くなって

「아, 그러니까 이런 거란 말이지?」 할 뿐이야.

「あ、だからこんなもんなんだね？」と言うだけ。

언제까지고 여기에 있어.

いつまでもここにいる。

통증은 건조하게 말해.

痛みが乾いた声で言う。

「난 너를 위해 만들어졌고」

「私はお前のために作られて」

「너는 그것 때문이야」

「お前はあれのために作られたんだ」

그저 그렇다고 알고 웃었어.

ただそうなんだと理解しては笑った。

불행을 느낀 이유는 행복을 원했기 때문이다.

不幸を感じていた理由は幸せがほしかったからだ。

이런저런 변명으로 인해 수많은 것은 불행해지고

色んな言い訳によって数えきれないものは不幸になり

주목받지 못한 것은 행복이 됐다.

注目されなかったものは幸せになった。

어느 쪽도 행복하지 않다는 걸 알면서도

どちらも幸せではないということをわかっていながらも

어쩌다 명예가 된 것을 예찬하며

成り行きで名誉になったことを礼賛して

여기에 행복은 분명 있다고 위로하고 있어.

ここに幸せはきっとあるんだと慰めている。

실은 「절망하지 않아서 다행이야」 잖아.

本当は「絶望しなくてよかった」だろ。

「행복은 영원하지 않아」

「幸せは永遠ではない」

「지키려고 노력하지 않으면 안 돼」

「守るために努力しなければならない」

그게 행복이라면

それが幸せなら

두려움도 없이 거기에 매달리는 인간이 존재했을까.

恐れ気もなくそれにすがる人間が存在しただろうか。

작은 행복이라든지 누구라도 행복할 수 있다든지

小さな幸せとか誰でも幸せになれるんだとか

한 번도 행복한 적 없는 인간들이 날조한 이야기.

一度も幸せになったことのない人間たちがでっち上げた話。

안주하는 생활은 입다물어.

安住する生活は黙ってろ。

혼자서는 아무것도 할 수 없는

一人じゃ何もできない

그런 육체를 가진 인간들은

そんな肉体を持っている人間どもは

자신의 불만족을 지키기 위해서

自分の不満足を守るために

타인을 상처입힐 뿐이야.

他人を傷つけるだけなんだ。

지키는 건 행복이 아니라

守ることは幸せではなくて

육체의 구제불능으로

肉体のダメさで

뭔가 바라지 않아, 다만 쫓고 있어.

何かを望んではいない、ひたすら追いかけているんだ。

양치 같아.

まるで歯磨きのようだ。

닦지 않으면 상해버리고

磨かないと虫歯ができて

씻지 못하면 기분 나빠.

漱がないと気持ち悪い。

인생은 저 두 가지의 선택.

人生はあの二択。

어느 하나 단념하기 어렵도록

どちらか一つ諦めがたいように

결국 울리는 것에 열중하고 있어.

結局泣かすことに夢中になっている。

끝나버린 것은 허무한 것으로

終わってしまったことは虚しいもので

열렬히 사랑했던 기억과 생매장된다.

熱烈に愛した記憶と共に生き埋めにされる。

편안하게 등 돌리고

気楽に背を向けて

행복을 찾고

幸せを探して

어딘가 불쾌한 기분이 되는 것은 어째서일까.

どこか不快な気持ちになるのは何故だろう。

목숨을 소중히 하는 것은

命を大切にするのは

내가 아니라 본능이다.

私ではなくて本能だ。

사고방식의 존재가 불명료했던 때

考え方の存在が不明瞭だった時

우리를 살게 한 것은

私たちを生かせたのは

확실히 본능이라고.

確かに本能なんだ。

미지의 것에 조종된 거나 마찬가지다.

未知のものに操られていたようなものだ。

그렇더라도

だとしても

무언가 마지막까지 지키려고 하는 것은

何かを最後まで守ろうとすることは

그런 마음은

そんな気持ちは

누구도 매도할 수 없어.

誰も罵倒できない。

그냥 안타까워서

ただ残念で

우리들은 서로를 안은 채

私たちは互いを抱きしめたまま

죽어가는 것에 슬퍼하고

死んでいくのを悲しんで

아직 죽지 않아 다행이라며

まだ死んでなくてよかったと

웃고 있는 거다.

笑っているのだ。

얼마 못 가서 끊어져.

間もなく途切れ途切れになる。

그 다음도 끊어져서

その次も途切れて

미지근한 대답에 멈춰있는 순간은 늘어가.

生ぬるい返事のせいで止まっている瞬間は増えていく。

모든 것은 좀 더 분명하게 사라지고

全てはもっと確かに消えていき

함께라는 것을 망각해버려.

一緒だということを忘却してしまう。

확실히 존재했던 것도 그때는 없어.

確かに存在していたこともその時にはもうない。

어째서 지나가도 좋은 아픔마저

どうして過ぎ去ってもいい痛みさえも

똑바로 마주 보고, 부수고, 넘어지는 걸까.

しっかり向き合って、壊して、転んでしまうのだろう。

미련하리만치 사랑하고

バカみたいに愛して

청춘에 묻어버릴 생각일까.

青春に埋め尽くすつもりなんだろうか。

냉정하지 않은 일에 고독한 척하는 바보가

冷静ではないことに孤独なふりをするバカが

칭찬받는 세상인데도

褒められる世界なのに

무심코 토하지 않는 것은 또 어째서일까.

何気なく吐き出さないのはまたどうしてだろう。

누군가 흘린 말은 놓치지 않으면서

誰かがこぼした言葉は逃さないくせに

당신은 어째서

あなたはどうして

아무 말도 하지 않는 거야.

何も言わないの。

지금 열심히 사는 것도

今頑張って生きていることも

미리 여행을 가는 것도

予め旅行に行くことも

다 못할 미래 때문이잖아.

それも全部できなくなる未来のせいだろう。

삶이 시시했던 것은 권태 때문이래.

生がつまらなくなったのは倦怠だからなんだ。

흥미로운 것을 발견하면

興味深いものを見つければ

또 재밌을 거라나.

また楽しくなるさ。

쾌락이 떨어지면 권태가 있고

快楽が切れるとそこに倦怠がある

권태가 저물면 쾌락이 있어서.

倦怠が暮れたらそこには快楽があって。

뭐 하자는 거야?

なんのつもり？

쾌락은 행복하지 않다는 거야.

快楽は幸せじゃないという意味。

삶은 행복할 수 없다는 거야.

生は幸せにはなれなりという意味なんだ。

좋아하게 되고 싶었어.

好きになりたかった。

행복하지 않아도

幸せじゃなくても

살아 가니까

生きていくから

누군가 좋아하게 되고 싶었어.

誰かのことを好きになりたかった。

나의 이야기라든지

私の話とか

이해할 수 없어도 좋아.

理解できなくてもいい。

자고 있으니까

寝ていたら

누군가 껴안고 싶었어.

誰かを抱きしめたくなった。

성실하게 살아도

真面目に生きても

아무것도 없었어.

何もなかった。

웃는 얼굴에도

笑っている顔にも

누군가는 화를 냈어.

誰かは怒った。

어떤 것을 해도

どんなことをしても

어딘가는 부서졌어.

どこかは壊れた。

그건

それは

스스로 망가졌기 때문이야.

自分が壊れているからなんだ。

뭔가 알아채면 벗어날 수 없게 돼.

何かに気づくと抜け出せなくなる。

행복을 헤아리면

幸せを数えると

행복하지 못한 자신으로부터

幸せじゃない自分から

사랑을 깨닫고 나면

愛を気づいてしまうと

사랑할 수 없는 자신으로부터

愛することのできない自分から

미워하는 마음을 느끼면

憎さを感じると

상처 입힌 자신으로부터.

傷つけた自分から。

언젠가부터

いつの間にか

누군가 행복하자고 말한 후로

誰かが幸せになろうと言った後から

인간은 행복에 미쳐버렸어.

人間は幸せに狂ってしまった。

행복은 여기 없다니까

幸せはここにはないってば

다들 뭐하고 있는 거야.

みんな何してるの。

순진하고 무구한 사람들은

純粋で無垢な人たちは

누군가 정해준 이름을 부르며

誰かに決められた名前を呼び

그동안 파고든 것만이 전부라 말해.

これまで踏み込んだものだけが全てだと言う。

부를 수 없는 것은 결국 사라지고

呼べないものはやがて消えて

내뱉은 것은 환상이 되는데도

口に出したものは幻になるのに

무의미한 것들에 잊히고 싶지 않아서

無意味なものに忘れられたくなくて

그런 것들이라도 잊고 싶지 않아서.

そんなものでも忘れたくなくて。

타의적 삶에도 자의적 은둔에도

他意的な生き様にも自意的な隠遁にも

결국 부드러운 결말은 나타나지 않아.

結局優しい結末は訪れない。

지루하게 매료된 우리들은

退屈に魅了された私たちは

아무것도 느끼지 않아.

何も感じない。

돌아본 사람의 얼굴이 떠오르는 것도

振り向いた人の顔が頭に浮かぶのも

이런 우리에겐 기적이니까.

こんな私たちには奇跡だから。

어디를 보고 있어?

どこを見ているの？

네가 누군가를 바라보면

君が誰かを見つめたら

그 사람에 비친 너를 보는 것 같아.

その人に照らされた君を見ているようだ。

네 자신이 어떤 존재였는지

君自身がどんな存在だったのか

알 수 없게 된 것 같아.

わからなくなったみたい。

알 수 없게 됐다는 말도

わからなくなったという言葉も

이제는 어떤 것을 의미하는지

今はどんなことを意味しているのかすら

너는 모를 것 같아.

君はわかってなさそう。

단순히 걷는 것에 이유를 달고

単純に歩くことに理由を付けて

살아 있는 것에 화풀이하고

生きているものに八つ当たりをして

삼키는 모든 것의 행방을 찾아다녀.

飲み込む全ての行方を探し回る。

되찾을 수 있을 거라 믿고 있어.

取り返せると信じている。

혐오스럽다고 생각해버렸어.

嫌悪感を抱いてしまった。

이런 자신의 의미 따위

こんな自分の意味など

쓸쓸해지든 꺼내지든

寂しくなっても取り出されても

그것이 너라는 의미조차

それが君だという意味さえ

금방 잊힐 줄 알면서도.

すぐに忘れられると知っていながらも。

뭔가 얻게 된다 해도

何かを得ることになるとしても

어차피 끝나버린 것들

どうせ終わってしまったことだらけで

누군가 잃어버린 것들

誰かが失ったものだらけ

신의 잔재, 애정의 결핍일 뿐.

神の残滓、愛情の欠乏に過ぎない。

그런 걸로는 무엇도 될 수 없어.

そんなものでは何にもなれない。

아무것도 아닌 존재로 남는 편이

なんでもない存在のまま残った方が

좀 더 확실한 결말이야.

もっと確かな結末だ。

옆 사람이 되고 싶지 않아.

隣の人になりたくない。

너에게 남겨진 여자는 재미없어.

君から残された女はつまらない。

너의 미래 속 내 모습은 어땠을까.

君の未来の中の私の姿はどんなものだったんだろう。

누구도 행복하지 않음을

誰も幸せではないということを

상냥하다고 세뇌하면서

優しさだと洗脳しながら

나는 결국 너에게 남겨진 존재

私は結局君から残された存在

아무것도 아닌 일이 되어버려.

なんでもないことになってしまう。

우리의 무엇을 위해

私たちの何かのために

내 자신이 남겨지는 것은 정말 싫어.

私自身が残されるのは本当に嫌なんだ。

어딘가 놓인 것은

どこかに置かれたということは

누군가에게 버림받은 거나 마찬가지야.

誰かに捨てられたことと一緒なの。

행인에게 주워져서

通りすがりの人に拾われて

슬퍼할 틈도 없이 버려지고.

悲しむ間もなくまた捨てられて。

사물 인생에 역행은 없어.

物の人生に逆行はない。

무엇에 대하여

何かに対して

수많은 이유를 만들어 낸다는 것은

数えきれないほどの理由を作り上げることには

신중을 기할 필요가 있다.

慎重を期す必要がある。

얼마 안되는 나에게

数少ない私に

그 존재만으로 가치가 있다고 하기엔

その存在だけで価値があると言うには

좀 더 냉정해질 필요가 있다.

もう少し冷静になる必要がある。

내 순수함이 좋다고 했던 누군가는

私の純粋さが好きだと言っていた誰かは

돌아설 때 멍청한 여자라고 했습니다.

背を向ける時はバカな女だと言いました。

처음이자 마지막으로 가위에 눌렸던 때

最初で最後の金縛りの時

암흑에 빠져 죽을 것을 후회합니다.

暗黒に溺れて死ねばよかったのにと後悔します。

아이 같은 육체에는 정성을 들입니다.

子供のような肉体には心を籠めます。

방치되었던 마음은 다리가 부러졌습니다.

放置されていた心は足が折れました。

조수가 차버리는 한밤중이 좋습니다.

潮水が溜まる夜中が好きです。

누군가 돌아봐주지 않아도 충분합니다.

誰かが振り向いてくれなくても充分です。

머스캣 향기가 난다면 점입가경입니다.

マスカットの香りがしたらいよいよ佳境に入ります。

세탁실에서 활주로 보는 것을 사랑합니다.

ランドリールームで滑走路を眺めることが大好きです。

비행기를 타면 매번 울어버립니다.

飛行機に乗るといつも泣いてしまいます。

분해서 교토를 소요한 적이 있습니다.

悔しくて京都を逍遥したことがあります。

케이블카에서 벌레와 조우한 적도 있습니다.

ケーブルカーで虫と遭遇したこともあります。

일곱 살 이후로 긴 머리를 해본 적 없습니다.

７歳の時以来ロングヘアをしたことがありません。

누군가 단발이 예쁘다며 쓰다듬어주었으니까요.

誰かがボブが似合うと言ってなでてくれましたから。

모든 기억을 가지고 있는데 어째서일까요.

全ての記憶を持っているのに何故でしょう。

어떻게 살아왔는지 전혀 모르겠습니다.

どうやって生きてきたのか全くわかりません。

고양이를 살피는 상냥함은

猫をいたわる優しさは

내게 없습니다.

私にはないです。

누군가 슬퍼해도 그것을 인지할 뿐

誰かが悲しんでもそれを認知するだけ

마음이 아픈 것은 아닙니다.

心が痛いわけではありません。

교감할 수 없어도

交感できなくても

누군가 말하면 듣고 답합니다.

誰かが言うとそれを聞いて答えます。

울먹이는 타인 앞에서

今にも泣きそうな他人の前では

그 사람과 같은 표정을 합니다.

その人と同じ表情を作ります。

그런 것은 도리입니다.

それは人としての道理です。

한 번 소중하다고 생각한 것은

一度大切だと思ったものは

나 자신보다 소중한 존재가 됩니다.

自分よりも大切な存在になります。

그 소중한 것이 사라졌을 때

その大切なものが消えた時

나는 죽었던 것입니다.

私は死んだのです。

그래서 전부 잃었는지 모릅니다.

だから全て失くしたのかもしれません。

소중한 것은 다시 찾을 수 있나요.

大切なものはまた探せますか。

소중한 것은 두 가지일 수 있나요.

大切なものが二つ存在する場合もありますか。

그럴 수 있나요.

そんなこともあるのでしょうか。

2

1

「아, 돌아왔다」라고 생각하게 하는 것은

「あ、帰ってきた」と思わせるものは

그런 건 나에게 없으니까

そんなものは私にはないから

뒤돌아본다고 해도 상실감은 느끼지 않아.

振り向いても喪失感は感じない。

2

내가 아프면 너도 아프다는 말에

私が痛いと君も痛いという言葉に

눈물이 나면 네가 먼저 울게 되겠지만

涙がでると君が先に泣くことになるだろうけど

아무래도 유난인 사람이었다고.

どうやら大げさな人だったと。

3

밝은 것은 아무래도 괴로우니까
明るいものは何にせよ苦しいから
미지근한 배회를 즐기는 것뿐이야.
生温い徘徊を楽しむだけさ。

4

구애를 보고도 그저 웃기만 하는

求愛を見てもただ笑顔を浮かぶだけの

미묘한 변명 없이 건조한 시선.

微妙な言い訳なしの乾いた視線。

언제든 돌아서도 이상하지 않을

いつでも背を向けてもおかしくない

그런 경계는 무척 상냥하다고.

そんな警戒はとても優しいと。

마치 살아있지 않은 것처럼

まるで生きていないように

사랑해줘.

愛して。

5

방파제는 무력하고

防波堤は無力で

파면을 보고 있으면

波面を見ていると

시선이 떨릴 때마다 아파서.

視線が震える度に痛くて。

환상을 떠안고 헤엄치다

幻を抱いて泳ぎながら

허무한 틈에 휘감아 오고

虚しさを感じる隙きに巻きつけられて

두통 중에 당신은 도망쳐버려.

頭痛を感じている中、あなたは逃げてしまう。

지느러미는 찢겨지고

ヒレは裂けて

다시 한 번 응시할 뿐이야.

もう一度凝視するだけ。

그때의 기억이 높아졌다,

あのときの記憶が高くなったり、

낮았다,

低かったり、

파도는 내게 몰아치고 있어.

波は私に押し寄せてくる。

6

환상은 상냥한 허울.

幻は優しい飾り物。

시간이 지나 부패되어도

時が過ぎて腐敗しても

넋을 놓고 바라볼 뿐인 엔드롤.

ボンヤリ見つめるだけのエンドーロル。

그런 것에 결핍을 감추는 행위 속

そういったものに欠乏を隠す行為の中

분명 의미 있기를 바랐던 마음이

確かに意味があるようにと願っていた心は

어떤 생명을 살릴 수 있을까.

どんな命を生かせることができるのだろう。

그건 소모품이야.

それは消耗品さ。

모든 것이 소멸한 현장에는

すべてが消滅した現場には

치부를 씻으려는 노력도 없고

恥部を洗おうとする努力もしない

좀 더 나은 존재라는 갈구도 없고

もっとマシな存在という渇望もない

후회나 허무 등의 감정은 연약해서

後悔や虚無などの感情は軟弱で

그곳에는 종말만이 있어.

そこには終末だけが存在する。

우리들은 소모품이야.

私達は消耗品さ。

7

쾌락은 일회성 행복임에도

快楽は一度限りの幸せなのにもかかわらず

어쩌면 영원하지 않을까,

もしかしたら永遠なのでは、

착각은 공중의 행복일 텐데

勘違いは空中の幸せなはずなのに

다시 믿어버리고,

また信じてしまい、

웃는 얼굴의 굴곡은

笑っている顔の屈曲は

사실 넘어진 아픔인데도

実は転んだ痛みなのに

울고나서 무리해 웃고.

泣いた後に無理をして笑って。

루프와 루프로

ループとループで

결국 아프다는 노래.

結局痛いという歌。

8

아프면 그렇다고 말해.
痛いならそうだと言え。
아프다는 네가 어려워서
痛いというお前が気難しくて
내가 아파지는 것도 아니고
私が痛くなるわけでもないし
웃음만 만들어 낸다고
作り笑いばかりしても
동조할 생각도 없어.
同調するつもりはない。
우리는 분리된 존재로
私たちは分離された存在で
간극의 무언가로 초래될 것은
間隙の何かで招かれるものは
이 세계 예정에는 없으니까
この世界の予定にはないから
가엾은 소망 끝내지 않으면
哀れな望み、終わらせないと
불편한 여자네, 돌아설 거야.
不便な女だな、背を向けるさ。

의미 없이 걸어서

意味もなく歩いて

어디에도 도착하지 않는 건 판타지야.

どこにもたどり着けないのはファンタジーなの。

아팠던 만큼 웃게 된다면

辛いほど笑えるのなら

아프지 않았을 거야.

辛くない方を選んだだろう。

온갖 비리에 찬 곳에

様々な非理で満ちた場所で

기쁨도 그렇다면

喜びもそうであれば

염세도 없었을 거야.

厭世もなかったはず。

이곳에 일월무사조 따위

ここで日月無私照など

교사되고 없으니까

絞死して存在しないから

나 같은 게 살아가도

私なんかが生きていったところで

당신은 없어.

あなたはいない。

좋아하는 사람도

好きな人も

좋아했지만 나쁜 남자였던 그 사람도

好きだったけど悪い男だったあの人も

누군가를 좋아했던 나란 여자의 전부.

誰かを好きだった私という女のすべて。

지쳐버리고 돌아본 것은

疲れてしまって振り向いたのは

기껏해야 황혼이었다.

せいぜい夕暮れだった。

그럼에도 황혼에 소사하고

それでも夕暮れに焼死して

구원되어지고 다시

救われてまた

소사하고.

焼死して。

13

끝이 있다는 것을 알고 있었어.

終わりがあるということは知っていた。

분명히 나는 알고 있었어.

確かに私は知っていた。

편평한 해변을 걷다가는

平らな浜辺を歩いていたら

끝을 맞이한다는 것을 알고 있었어.

終わりを迎えることになると知っていた。

소라의 상실이 아무렇게나.

サザエの喪失が無造作に。

바닷물의 최저 온도를 때때로.

塩水の最低温度を時々に。

어째서 이런 곳에서 나는

どうしてこんな所で私は

깊은 마음을 다뤘을까.

深い気持ちを扱っていただろう。

그것은 어디로 송신된 걸까.

それはどこへと送信されたのだろう。

돌아본 그 장소에서 울어버리고

振り向いたその場所で泣いてしまい

익히 알았던 것을 떠올리고

よく知っていたことを思い出して

너무 쉽게 버려지는 탓에 주웠던

あまりにも容易く捨てられるせいで拾っていた

소라의 것, 굽은 무늬,

サザエのもの、曲がった模様、

실은 감정 불순물.

実は感情の不純物。

여기에는 아무것도 없어.

ここには何もない。

죽은 세계 같아.

死んだ世界のようだ。

변하는 일이 있다 하더라도

変わることがあるとしても

알아주는 존재도 없어.

わかってくれる存在もない。

내뱉는 것은 사라져.

吐き出されるものは消える。

그건 잔해를 남기고

それは残骸を残し

그걸 먹는 사람들은

それを食べる人たちは

그렇게 서로 아프고 말아.

そうやってお互い辛くなってしまう。

15

해일에 슬퍼하면
津波に悲しんだら
돌아오지 못할까 봐
戻れなくなりそうで
젖어버린 기억을 쌓아
濡れてしまった記憶を築いて
제물로 바친 모래성.
供物として捧げた砂の城。
아무도 머물 수 없는 곳은
誰もとどまることのできない場所は
무너져도 좋은 걸까.
崩れてもいいのかな。
형편없어.
めちゃくちゃだ。

내가 잠겼던 에메랄드 바다.

私が浸かっていたエメラルド海。

머리 위 가득 쌓여버린 소금도

頭の上にいっぱい積もってしまった塩も

모래 틈으로 숨어든 벌레도

砂の隙間に潜り込んでいた虫も

전혀 불편하지 않아서

全く不便じゃなくて

전부 거짓말인 것만 같았던

何もかも嘘のようだった

그 날의 바다.

あの日の海。

부서져도 좋을 망상을

壊れてもいい妄想を

끝내 놓지 못하고서.

最後まで手放せなくて。

상처받고 있으면서.

傷ついているくせに。

속절없이 흐르는 시간

虛しく流れる時間

절망 가속화에 관한 예찬.

絶望加速化に関する礼賛。

외로움의 어딘가를 사랑했어.

寂しさのどこかを愛していた。

혼자 있는 것을 좋아하지만,

一人でいるのを好むが、

거기에 놓아두면 안 되는 사람.

そこに置いておいてはいけない人。

네가 다뤘던 플라네타륨

君が扱っていたプラネタリウム

다 망가졌어.

全部壊れた。

우리가 있던 행성은

私たちがいた惑星は

이제 찾아갈 수 없게 됐어.

もう尋ねることができなくなった。

여기에는 너도 없고

ここには君のいなくて

나도 없고

私もいなくて

울었던 기억도 없어.

泣いた記憶もない。

폐색감만 가득 찬

閉塞感だけ溜まった

기분 나쁜 아이는 말해.

気持ち悪い子供は言う。

「갇혀 있는 편이 좋아」

「閉じ込められている方がいい」

자신을 미워하지 않으면

自分を憎まなくては

살아 있다고 느끼지 못하는 아이.

生きていると感じない子供。

웃고 있는 자신을 발견하고

笑っている自分を見つけて

어딘가를 향해 간절히 사과하는 아이.

どこかに向かって切実に謝る子供。

약한 마음을 가지고 있는 주제에

弱い心を持っているくせに

달에 가까워지려는 아이.

月に近付こうとする子供。

이런 삶을 살고 싶지 않아서

こんな生を過ごしたくなくて

죽어버리는 것과

死んでしまうことと

죽고 싶어서

死にたくて

이런 삶을 버리는 것에는

こんな生を捨てることには

어떤 차이가 존재하고 있어?

どんな違いが存在しているの？

그런 차이를 깨닫는다면

そういった違いに気づいたら

나는 살고 싶어지게 될까.

私は生きたくなるのかな。

마음을 가진 탓에 아픈 거라면

心を持ったせいで痛がるくらいなら

그런 건 망가져도 좋다고 말해버려.

そんなもの壊れてもいいと言ってしまう。

당신의 무언가를 갖고 싶어서

あなたの何かが欲しくて

울먹였던 그 날 아침에도 난

涙ぐんだあの日の朝にも私は

아무도 내게 필요 없다며 울었어.

誰も私には要らないと言いながら泣いた。

22

놓지 않으면

手放さないと

버려지는 것은 없고

捨てられるものはなくて

멈추지 않으면

止まらないと

혼자 남게 되는 일도 없어서.

一人居残りになることもなくて。

타지 않는 불꽃은

燃えない炎は

무취의 은하를 따라가다

無臭の銀河に付いて行って

어디로 향하고 있는지

どこに向かっているのか

알 수 없게 되어버려.

わからなくなってしまう。

누구와도 만나고 싶지 않다고 생각했어.

誰とも会いたくないと思っていた。

그 순간에는 네 얼굴도 떠오르지 않았어.

あの時は君の顔も浮かんでこなかった。

자신의 무엇을 누군가에게 숨기고 있는지,

自分の何を誰かに隠しているのか、

그런 것조차 모르는데 우리는 필사적이야.

そんなことすらわからないのに私たちは必死になる。

「어째서」라고 외친다 해도

「どうして」と叫んだところで

우리는 누구에게 묻고 있어?

私たちは誰に聞いているの？

닿을 것 같으면

届きそうになると

만나야 할 이유를 잊고

会うべき理由を忘れて

네가 내 앞에 서면

君が私の前に立つと

두려움을 무릅쓰고

怖さを顧みずに

「나는 어떻게 하면 좋을까?」 물어봐도

「私はどうすればいいかな？」と聞いてみても

네 말대로 할 자신은 없어.

君の言う通りにする自信はない。

환상 세계와 쓰레기 투기장은

幻の世界とゴミ捨て場は

이렇게 달라서.

こんなにも違くて。

현실은 어느 쪽이야?

現実はどっちなの？

아무리 알고 싶어도

どんなに知りたくても

끝내 그럴 수 없는 게 있다.

挙げ句にはそうすることができない場合がある。

부서진 조각을 연결해도

壊れた欠片を繋ぎ合わせても

처음부터 완전하지 않았는지도 모른다.

最初から完全なものではなかったのかも知れない。

그렇게라도 함께 있고 싶었다고,

そうしてでも一緒にいたかったと、

그런 마음이 도움이 될 리 없겠지만.

そんな気持ちが役に立つわけないが。

그럭저럭 그런 생활을 쫓고 있다.

まあまあとそんな生活を追っている。

이곳 사람들은 어딘가 결핍돼 있어.

ここの人々はどこか欠乏している。

고작 「무슨 말을 하면 좋을까」 생각하고 있을 뿐.

せいぜい「何を言えばいいだろう」と考えているだけ。

그런 망상을 하는 것 이외는

そんな妄想をすること以外は

기댈 데 없는 마른 온도.

頼り技のない乾いた温度。

생각하고 있던 장소에 도착한다 해도

思っていた場所に辿り着いたとしても

손에 쥐고 있던 것은 곧 날아가버려.

手に握られていたものはすぐに飛んでいってしまう。

하수구에 떨어진 마음을 지나쳐

下水溝に落ちた心を通り過ぎて

반짝이는 그 때의 무언가를 찾기 위해서

煌めくあの時の何かを探すために

그저 그런 생활은 계속되고 있어.

まずまずな生活は続いている。

누가 걸레를 쥐어짜듯이
誰かが雑巾を絞るように
뇌를 쥐고 있는 것 같았다.
脳を握っているような気がした。
전부 토하고 싶을 정도로 속이 아파서
全部吐き出したくなるほどお腹が痛くて
아무 생각도 할 수 없었다.
何も考えることができなかった。
천천히 자는 것조차 나는 할 수 없어서
ゆっくり寝ることすら私にはできなくて
괴로워하다가, 괴롭다고 말하다가,
苦しみながら、苦しいと言いながら、
죽을까 생각하다가
死のうかと思っていたら
죽어도 인생은 끝나지 않는다는 것을
死んでも人生は終わらないということを
알고 있어서 말이야
知っていてさ
나는 죽지도 못했다.
私は死ぬこともできなかった。

몰랐던 것은

知らなかったことは

언젠가 알게 된다 해도

いつか知ることになるとしても

지난 일을 위로할 수 없어.

過ぎたことを慰めることはできない。

아팠던 마음이 새겨져도

痛かった心が刻まれても

그런 것 역시

そういうのもやはり

나의 약한 마음이야.

私の弱い心さ。

아직 호흡하는 것을 두고

まだ呼吸しているものを置いといて

멋대로 성불하지 마.

勝手に成仏しないで。

위험한 자세로

危ない姿勢で

세계를 방관하는 생명은

世界を防寒する命は

숨을 쉬는 것만으로도 죄를 짓고

息をするだけで罪を犯して

정해진 자리에 앉아

決められている席に座って

자신을 지겹다고 말한 아이는

自分のことをうんざりすると言った子供は

누군가를 미워하는 일조차

誰かを憎むことすら

당신의 구상이었다는 걸 깨닫고 말아.

あなたの構想だったということに気づいてしまう。

선명한 기억은 있어도

鮮明な記憶はあっても

분명히 잊혀지는 과거는 없다.

はっきりと忘れられる過去はない。

분명한 과거도 없고

確かな過去もなくて

잊혀질 과거도 없으니까.

忘れられる過去もないから。

뭔가 가득해서 역겨운 기분
何かが一杯で気色悪いこの気持ち
계속 이어져서
ずっと続いてきて
쏟아진 마음은 수채로 흘러.
こぼれた心は下水に流れて。
파고드는 것은 불확실한 탓에
食い込むものは不確かなため
눈 뜨고 싶지 않아.
目を開けたくない。
열중할수록 짙게 피어나는 기억
夢中になると濃く咲き出す記憶
잔뜩 괴롭히고서 기록 삭제.
いっぱいいじめといて記録削除。
그대로 멈춰 서서 울고 있으면
そのまま止まって泣いていると
불과 몇분 몇초 전의 마음마저
わずか数分数秒前の心すら
악몽에 빼앗기고 없어.
悪夢に奪われてもうない。

버거워도 사랑받는 편이 좋아.

手に余っても愛される方がいい。

그건 날이 밝을수록 축축하고 무거워지지만

それは日が明るいほどじめじめして重くなるけど

그렇게 퇴색해도 너에게 사랑받는 편이 좋아서.

そうやって色褪せても君に愛される方がいいから。

습기를 싫어하는 마음이 아파서 울기만 하고

湿気を嫌がる心が具合が悪くなって泣くばかりで

안개늪은 후유증만 남겨도

霧の沼は後遺症だけ残しても

당신에게 사랑받으려고 하는 내 모습이 아파도

あなたに愛されようとする自分の姿が辛くても

그래

そうさ

사랑받는 편이 좋아.

愛される方がいい。

상처의 유속은
傷の流速は
언제나 조금 느려서
いつも少し遅くて
더딘 호흡을 하는 나도
ゆっくりとした呼吸をする私も
가뿐히 건져낼 수 있었다.
軽々と救い出せた。

마음이 같아도 결국 끝나고 만다.

気持ちが一緒でも結局終わってしまう。

우리가 지금 손을 잡고 있다고 해도

私たちが今手を繋いでいるとしても

시간이 흐르면 언젠가 끝나버린다.

時が流れるといつか終わってしまう。

우리는 절망을 사랑했다.

私たちは絶望を愛した。

열정은 소멸을 바라본 채 죽었고.

熱情は消滅を眺めたまま死んだ。

외로워지는 건 왜일까.

寂しくなるのは何故だろう。

뭐라고 대답할 수 없어서

なんとも答えられなくて

적당한 일상이라고 세뇌해.

適当な日常だと洗脳し。

되돌릴 수 없어도

後戻りできなくても

「아무래도 괜찮겠지」

「どうでもいいだろう」

망상 따위를 안고

妄想なんかを抱いて

어쩌면 살아 있는 것 자체가

もしかしたら生きていること自体が

죄악인지도 몰라.

罪悪なのかもしれない。

나는 벌을 받고 있어.

私は罰をうけている。

아파하는 것에

痛がることに

그런 고독감에 익숙해져

そんな孤独感に慣れて

견적하는 행위가 의미를 잃을 때

見積もる行為が意味を失くす時

나는 다시 행복에 던져지고

私はまた幸せへと飛ばされ

괴로워져서 울음을 그칠 수가 없어서

辛くなって涙を止められなくなって

세계로부터 버림받아.

世界から捨てられる。

약한 마음의 루프는 끝나지 않아.

弱い心のループは終わらない。

언제나 언젠가 다시 돌아와

いつもいつかまた戻ってくる

나를 절망시키고 말아.

私を絶望させてしまう。

침묵을 지키는 아침 그리고 오후.

黙りを決め込む朝そして午後。

물기를 머금은 잡념에 사로잡혔던 때는

水気を含んだ雑念にとらわれていた時は

이제 소용없게 되었어.

もう無駄になった。

이 이상 생각해도 무의미한 사건

これ以上考えても無意味な事件

왠지 슬픈 존재들.

なんだか悲しい存在たち。

상처입지 않으면

傷つかないと

내일을 살아갈 수 없는 답답함.

明日を生きていけないもどかしさ。

솔직한 말은

素直な言葉は

사건을 괴롭히고

事件を苦しめ

그렇지 않은 마음은

そうではない心は

그 사람을 죽이고 말아.

あの人を殺してしまう。

너는 왜 웃고 있어?

君はどうして笑っているの？

살기 위해서라든가

生きるためだとか

살아서 행복해지기 위해서라든가

生きて幸せになるためにだとか

어느 쪽도 아닌 채로의 상냥함은

どっちでもないままの優しさは

누군가의 마음을 죽이는 거야.

誰かの心を殺すの。

39

인간은 약해서 누군가를 지키려고 해.

人間は弱くて誰かを守ろうとする。

그렇게 약해서

そんなに弱いから

사랑 같은 비효율적 행위에 울어버리고 말아.

愛などの非効率的行為に泣かされてしまう。

혹시 강한 걸까나.

もしかして強いのかな。

아파도 아프지 않다고

痛くても痛くないと

괜찮다고 웃는 널 보고 있으면

大丈夫だと笑う君を見ていると

혹은 강하다고

あるいは強いと

그렇게 생각해.

そう思う。

그래도 우리에게 아픔 없는 사랑은 없어.

それでも私たちには痛みのない愛はない。

우주가 방향을 잃고

宇宙が方角を失い

자신을 잊을 정도의 형태로 팽창한다 해도

自分を忘れるほどの形で膨張するとしても

마지막까지 상실되지 않는 것은 마음.

最後の最後まで喪失しないのは心。

그런 마음을 고작 우리는

そんな心をたかが私たちは

파도 같은 것에 투영하고 사랑이라 불렀다.

波のようなものに投影して愛と呼んだ。

전부 시시해진 마음

何もかもくだらなくなった心

잊히는 게 당연했던 사랑.

忘れられるのが当たり前だった愛。

잔해도 남지 않은 길을

残骸も残ってない道を

더듬고 더듬다 찾았던 바다.

辿ってまた辿って見つけ出した海。

고의로 울었던 파도에게로의 시선,

わざと泣いた海への視線、

그건 약한 마음, 소모되고 말아.

それは弱い心、消耗されてしまう。

가끔 네가 나에게 와

時々君が私の所に来て

표정 없는 모습으로

表情のない姿で

함께 울어준다는 말을 해.

一緒に泣いてくれると言う。

마음을 잃은 주제에

心を失くしたくせに

아파하고 있는 나와

痛がっている私と

같은 존재라고 생각했어.

同じ存在だと思っていた。

아픈 사랑

痛い恋

적당히 나쁜 사람들

適当に悪い人たち

적당히 솔직해서

適当に素直で

너무 슬프지만

ひどく悲しいけど

적당히만 울어.

適当にだけ泣く。

그건 아픈 사랑이야.

それは痛い恋なんだ。

잊히는 것에 익숙해져서

忘れられることに慣れていて

숨길 필요 없는 아픔이야.

隠す必要のない痛みさ。

돌아갈 곳 따위 없는 걸.

帰る所なんてないもの。

다 잊어버렸으니까.

全部忘れてしまったから。

사실은 어제도 저질렀어요.

実は昨日もやらかしました。

약병을 쥐고 반복하기만 했습니다.

薬瓶を握ってただ繰り返しました。

살려달라는 말은

助けてという言葉は

어떤 기분입니까?

どんな気分ですか？

그렇게 살게 되는 것은

そうやって生かされるのは

또 어떤 기분입니까?

またどんな気分ですか？

죽고 싶다고 바라지 않는 것은

死にたいと願わないのは

용서받지 못할 마음인가요?

許されない気持ちですか？

세계에 미움 받는 자신을

世界に嫌われる自分を

버리고 싶다고 생각하는 것은

捨てたいと思うのは

칭찬할 만한 마음인가요.

賞賛に値する気持ちですか。

이유 없이 울었으니까 못 본 척해줘.

理由もなく泣いたから見てないふりをして。

너무 약해서 뭐든지 해낼 것 같아.

あまりにも弱くてなんでもしてかしそう。

천연함에 타고 있었더라면 조금은 좋았을까.

天然さに身を任せていたら少しはよかっただろうか。

그렇더라도 가득한 욕조의 물은

だとしてもいっぱい溜まった風呂の水は

흠뻑 젖는 순간 넘쳐 흐르기 마련.

ぐっしょりと濡れる瞬間溢れ出すもの。

아프면 어디에 있어도 멋대로 망가지고

痛かったらどこにいても勝手に壊れて

주저앉아 흔들리는 존재를 관음하고

へたり込んで揺れる存在をのぞき見て

악취미는커녕 즐겼으면 좋았을 텐데

悪趣味どころか楽しんどけばよかったものを

어느 쪽으로도 기울지 못한 채

どっちにも傾くことができないまま

쓸데없는 문장을 기억하기 위해 울고 있어.

くだらない文章を覚えるために泣いている。

신님, 나를 미워하지 마세요.

神様、私のことを嫌いにならないでください。

상냥한 미소 따위 바라지 않으니까

優しい笑顔など望んでいないから

내 목숨을 수거해 주세요.

私の生命を収集してください。

머리 위에 나쁜 느낌이 들어요.

頭の上から嫌な感じがします。

미움받고 싶지 않아요.

嫌われたくありません。

내 생명을 소각해 주세요.

私の生命を焼却してください。

여름중턱에 무작정 날아가는 바람등처럼

夏の中腹でやみくもに飛んでいく天灯のように

보이지 않는 곳에서 타오르듯이.

見えない所で燃えあがるように。

바보 같은 너는

バカみたいな君は

나를 살도록 만들지 못하는 주제에

私に生きるように促すことができないくせに

내게 사랑한다고 말해.

私に愛してるという。

어떤 표정으로 네가 고개를 숙였는지

どんな顔で君がうなだれたのか

전부 기억하는 나도 바보였던 걸까.

全部憶えている私もバカだったか。

그런 형편 좋은 말을 듣고도

そんな都合のいい話を聞いて

단숨에 돌아서지 못한 나는 바보였던 걸까.

一思いに背を向けることができなかった私はバカだったか。

바보 같은 나는

バカみたいな私は

너를 행복하게 만들지도 못하면서

君を幸せにしてあげられないのに

네게 사랑한다고 말해.

君に愛してると言う。

어떤 마음으로 내가 그런 말을 했는지

どんな気持ちで自分がそんなことを言ったのか

전부 알고 있는 너도 미련했던 걸까.

全部知っている君も愚かだったっけ。

그런 최악의 답장을 받고도

そんな最悪な返事をもらっても

단번에 나를 안아버린 너는 미련했던 걸까.

一思いに私を抱きしめてしまった君は愚かだったっけ。

데자뷰를 손에 들고 아픈 마음

デジャブを手にして痛む心

누군가를 이해한다는 오컬트

誰かを理解するというオカルト

끝나버린 소녀의 패럴렐리즘

終わってしまった少女のパラレリズム

버려진 그림, 물감의 야윈 빛깔

捨てられた絵、絵の具の窶れた色

무엇도 돌아올 수 없게 된 세계

何も帰ってくることができなくなった世界

순간은 그렇게 망가지고 말아.

刹那はそうやって壊れてしまう。

맛있을 줄 알았어.

美味しそうに見えた。

그건 가짜 샌드위치

それは偽物のサンドイッチ

슬퍼할 필요는 없으니까

悲しむ必要はないから

맛있다고 했어.

美味しいと言った。

돌아오는 길에 조금

帰り道に少し

괴롭다고 말했어.

苦しいと言った。

실은 거짓말이야.

実は嘘なの。

다만 깨끗할 이유가 없어서.

ただ清くある必要はなくて。

혼잡스러운 것들에

混雑なものたちの

그런 것들로 나는

そんなものたちで私は

네가 해준 적 없는 말을 기억해내고

君がしてくれたことのない言葉を思い出して

울먹이다가 울다가

涙ぐんで、泣いて

그래도 당신 안에

それでもあなたの中に

내가 있다는 사실에

私がいるという事実に

다행이라고 느끼면

よかったと感じたら

하루는 끝이 나버려.

一日は終わってしまう。

처음으로 닿아버린 마음

初めて触れてしまった心

어쩌면 익히 알고 있던 마음

もしかすると常に知っていた心

다시 한 번 망가졌어.

もう一度壊れた。

마음은 또 이렇게

心はまたこうして

망가져버렸어.

壊れてしまった。

블루는 오염됐어.

ブルーは汚れた。

너를 껴안고 울었던 바다도 없어.

君を抱きしめて泣いた海もない。

손끝으로 물든 코발트의 빛

指先に染まったコバルトの光

점점 꿈이라는 것을 알게 돼.

どんどん夢だということを知る。

곧 눈뜨고 말 거야.

もうじき目を覚めてしまう。

나는 어디로 돌아가야 해?

私はどこに帰ればいい？

돌아가지 못해서 사라지게 된다면

帰れなくて消えてしまったら

사라지는 것은 내 쪽일까 세계일까.

消えるのは私の方かな世界の方かな。

어디로든 도망치고 싶어.

どこにでも逃げたい。

굶주린 나이트메어,

飢えたナイトメア、

나를 찾아내고 말 거야.

私を見つけてしまう。

언제든 삼켜질 존재,

いつでも飲み込まれる存在、

그게 나라는 걸 알고 있어.

それが自分だということを知っている。

재생을 반복하는 육체와

再生を繰り返す肉体と

뻗어가는 정신세계

伸びていく精神世界

실은 무엇도 사라질 수 없어.

実は何一つ消えることはできない。

당신을 만난 어제는 이제 사라지고 없습니다.

あなたに会った昨日はもう消えて存在しません。

추억은 나쁘니까 우리의 전부를 알지 못해요.

思い出はよくないから私たちの全部を知らない。

여기저기 상처받은 마음

あっちこっち傷ついた心

그 사이를 지난 기억

その間を通り過ぎる記憶

나약한 마음은 이제 사라지고 없습니다.

弱々しい心はもう消えて存在しません。

음침한 것에 먹히고 말았어요.

陰気なものに食べられてしまいました。

그것을 놓을 수 없었던 존재는

それの手放せなかった存在は

소중한 것을 영원히 잃습니다.

大切なものを永遠に失います。

그래서 서로 만날 수가 없어요.

だからお互い会うことができません。

너와 맺은 약속을
君と交わした約束を
잊지 않으려는 데에
忘れないために
집중하고
集中して
또 집중해서
また集中して
단 하나의 장소에 안주하더라도
たったひとつの場所に安住することになっても
그렇게 인생이 끝난다고 해도
そうやって人生が終わるのだとしても
잊지 않을 거야.
忘れないよ。

너 없는 곳에서

君のいない場所で

나는 존재 의미 같은 거 전혀 몰랐어.

私は存在意味など全く知らなかった。

끝이라는 것,

終わりだということ、

삶이 끝나고 죽음이 시작된다는 건 무서워.

生が終わり、死が始まるのは怖い。

아무도 알려주지 않았어.

誰も教えてくれなかった。

너조차도.

君さえも。

너는 알겠지만 나는 모르는 곳.

君は知っているだろうけど私は知らない場所。

그런 장소는 없으면 좋겠으니까.

そんな場所はあってほしくないから。

그러니까 나도 갈게.

だから私も行くよ。

우리 다시 만나는 거야.

私たち、また会うの。

죽은 장소로 돌아가서
死んだ場所に戻って
내가 죽었다는 걸 알았어.
自分が死んだことに気づいた。
잊고 있었던 것은 왜일까.
忘れていたのは何故だろう。
살고 싶었던 것도 아닌데
生きていたかったわけでもないのに
계속 죽고 싶었던 건가.
ずっと死にたかったのかな。
죽어야 한다는 말을
死ななければならないという言葉を
계속 반복하면서
ずっと繰り返して
그렇게 죽어가는 모습
そうやって死んでいく姿
그것을 보면서 괴로운 자신을
それを見ながら苦しむ自分を
잊고 싶지 않았겠지.
忘れたくなかったんだろう。

실현되지 못한 것에 대해

実現できなかったことに対する

페티쉬가 있어.

フェチがある。

가질 수 없는 것에 대해

自分のものにできないものに対して

저릿한 기분을 사랑해버렸어.

しびれを感じることに恋をしちゃった。

나는 그런 인간이었던 거야.

私はそんな人間だったんだ。

눈앞에 있는 존재와 이야기를 사랑해도

目の前にいる存在と話を愛しても

마음이 아파 바닥을 구르는데

心が痛くて床で身悶えするのに

어디에도 실재하지 않는 것들을

どこにも実在していないものを

그것들을 사랑해버린 자신을 끌어안고서

それらを愛してしまった自分を抱きしめて

울었다 그치기를 반복하고 있어.

泣いたり泣き止んだりを繰り返している。

불안이 극에 달하면 전부 사라진다.

不安が極限に達すると全て消える。

격통도. 무엇도.

激痛も。何もかも。

그것들이 사라지는 순간

それらが消える瞬間

우리는 무엇이라도 행해야 한다.

私たちはどんなことでも行わなければならない。

물을 마신다든가

水を飲むこととか

식은 땀을 닦아낸다든가

冷や汗を拭うこととか

그리고 어쩌면

そしてもしかしたら

언제까지고 살아가야 하는 것이다.

いつまでも生きていかなければならないのだ。

바보 같은 네가 좋아.

バカみたいな君が好き。

네가 망가질수록 나는

君が壊れるほど私は

어쩌면 나도

もしかしたら私も

내게서 무언가

私から何かを

찾을 수 있게 될 것만 같아.

見つけることができそうな気がする。

살아있다는 긴장감이

生きているという緊張感が

나를 죽고 싶게 해.

私を死にたがらせる。

살아있는 것에

生きていることに

적당한 아이가 아니야.

適当な子じゃない。

다 기억하고 있지만

全部覚えているけど

살아온 방법 따위

生きてきた方法など

나는 모르고 있으니까.

私は知らないから。

잠깐 올랐던 시소의 온기

少しの間乗っていたシーソーの温もり

어차피 사라져버릴 거야.

どうせ消えてしまう。

내일이 되면 기억조차 떠나고 없을

明日になれば記憶すらも去っていってないはずの

그 아이는 더 이상 존재할 수 없어.

あの子はもう存在することができない。

죽고 싶은 기분은 누가 만들었을까.

死にたいという気持ちは 誰が作ったんだろう。

드러내봤자 모두에게 손가락질 당할 기분

さらけ出したところでみんなから後ろ指を指されるその気持ち

그 마음은 누가 상처입혀서

その心は誰が傷つけて

상처입힌 채로 전시한 걸까.

傷つけたまま展示したんだろう。

한 입 먹었더니 먹혔어.

一口食べたら食べられた。

죽으면 죽는 거야.

死ねば死ぬんだ。

달리 아무것도 아니야.

それ以外のなんでもない。

손을 잡아줘.

手をつないで。

아니, 죽여버려.

いや、殺してしまえ。

베란다에서 내려다보는 얼굴

ベランダから見下ろす顔

그래 네 우는 얼굴.

そう、君の泣き顔。

떨어진 곳은 쭉 계속

落ちた所はずっと、ずっと

어디서 왔는지 잊혀져.

どこから来たのか忘れられる。

버림받긴 했나 당신에게.

捨てられたのは本当なのか、あなたに。

무심코 절망하는 소녀는 말해

つい絶望する少女は言う

「벌써 끝났어」

「もう終わった」

「끝났더니 끝이 됐어」

「終わったら終わりになった」

「이제 아무것도 아니야」

「もうなんでもない」

바람에도 무너지는 세계

風にも倒される世界

우리 일상은 어쩌면 너무 강해서

私たちの日常はもしかしたら強すぎて

버리고 싶어도 쉽게 깨지지 않아서

捨てたくても簡単に割れなくて

우리 일상은 어쩌면 지나친 거야.

私たちの日常はもしかしたら度が過ぎるんだ。

네가 있어서 비가 오는 거야.

君がいるから雨が降るんだ。

세상이 움직이는 건 네가 있기 때문이야.

世界が動くのは君がいるからなんだ。

하지만 난 한 번도 너를 본 적이 없어.

でも私は一度も君に会ったことがない。

네가 내 앞에 나타나더라도

君が私の前に現れても

난 너를 있는 그대로 대할 자신이 없어.

私は君にありのまま接する自信がない。

하지만 난 네가 있으니까

でも私は君がいるから

내가 살아가지 못하는 게 너무 싫어.

自分が生きていけないということがものすごく嫌なの。

알고 있었지만

わかっていたけど

할 수 없었어.

できなかった。

다음 여름에는

次の夏は

전혀 모르겠지만

全然わからないけど

될 것 같아.

できそう。

알고 있으면서

わかっていながら

그렇게 하지 못한 건

そうすることができなかったのは

몰랐던 건지도 몰라.

本当はわからなかったのかもしれない。

별로 좋아하지 않으니까 괜찮아.

あまり好きじゃないから大丈夫。

그런 걸 가졌을 때

そんなのを手にした時

어떻게 하면 좋을지 나는 몰라서

どうすればいいのか、自分ではわからなくて

앞으로도 그런 일은 갖고 싶지 않아.

これからもそんなのはほしくない。

그런데도 가지려는 이기주의.

それなのに手に入れようとするエゴイズム。

단지 무능했을 뿐인.

ただ無能だっただけ。

뭔가를 모르는 게 아니야.

何かを知らないわけではない。

이 세계를 알 수 없는 게 아니야.

この世界がわからないわけではない。

그래서 죽으려는 게 아니야.

だから死のうとしているわけではない。

그건 내가 죽는다 해도 모르니까.

それはたとえ私が死んでもわからないことだから。

너무 몰입하는 탓에

あまりにも夢中になるせいで

우리는 목숨을 잃는 거야.

私たちは命を失うの。

사라지고 싶어.

消えたい。

다만 사라지고 있어.

ただ消えていく。

죽는 것조차 나는

死ぬことすら私は

누군가 정해준 방법대로.

誰かが決めてくれた方法通りに。

특별한 사인은 없어.

特別なサインはない。

있었다면 쉽게 죽었을 거야.

あったなら簡単に死んだはず。

나는 나의 죽음을 위해

私は私の死のため

그만큼 훌륭한 노력을

それほどの立派な努力を

하지 않았기 때문에 살아난 거야.

しなかったから生き返ったんだ。

내가 살게 된 것도

私が生きるようになったのも

별로 저항하지 않았기 때문이야.

あまり抵抗しなかったからなんだ。

아무 소리도 내지 않았던 나는
なんの音も発しなかった私は
죽어도 변하는 것은 없어.
死んでも変わらない。
끝없이 궤변만 늘어놓는 내게
延々と詭弁を弄する私に
천사는 어느 계절에도 없어.
天使はどの季節にもいない。

나의 모든 것은 어중간합니다.

私の全ては中途半端です。

목숨과 삶, 인생 그리고 죽음이 무엇을 의미하는지

命と生、人生、そして死が何を意味するのか

확실히 전달할 수 없는 구조를 가졌습니다.

確実に伝達することができない構造を持っています。

나는 태생부터 망가졌고 인간은 그런 존재니까요.

私は生まれながら壊れていて、人間はそういう存在ですから。

살아보려고 한다는 건

生きてみようと思う、それは

어떤 것을 하려는 걸까.

どんなことをしようとしているのだろう。

그런 말을 굳이 내뱉는 건

わざわざそんなことを言い放つのは

어떤 이유에서일까.

どんな理由からなのだろう。

목적을 가져야만 살아간다고 할 수 있는 걸까.

目的を持ってこそ生きていくと言えるのだろうか。

사실 우리의 목적은

本当は私たちの目的は

그저 호흡하는 것일지 모르는데

ただ呼吸することだけなのかもしれないのに

좀 더 장대한 이유를 계속해서 찾는 이유는

もっと壮大な理由を探し続ける理由は

나 자신이 아닌

私自身ではなく

타인의 시선으로 살아가기 때문인 것이 아닐까.

他人の視線で生きていくからなのではないのだろうか。

모른다고 반복하면

わからないと繰り返して言うと

정말 알 수 없게 될지 몰라.

本当にわからなくなるかもしれない。

우리는 수많은 것들을

私たちは数多くのことを

무의미로 치부해버리고서

無意味だと決め込んでしまって

발견된 것들에 무던히 웃어.

いくつものことを発見して無難に笑う。

그건 알고 싶어 했던 분명함을

それは知りたがっていた確かさを

가볍게 여긴 죄의 무게야.

軽く扱った罪の重さなんだ。

그러니까 모르더라도

だからわからなくても

알 수 있다고 믿어야 해.

わかると信じるべき。

어떻게든 찾아내야만 해.

なんとか見つけ出すべき。

뱉어지는 건 사라지지만

吐き出されたものは消えるけど

그래서 모른다는 그 말도

だからわからないというその言葉も

사라져버릴 테지만

消えてしまうだろうけど

사라졌다는 사건은

消えたという事件は

이세계에 기록되어서

異世界に記録されて

타세계의 구설수에 오를 거야.

他世界で噂されるはず。

눈이 내리면 겨울이라고

雪が降ると冬だと

우리는 쉽게 믿어버린다.

私たちは容易く信じてしまう。

눈이 내리지 않으면

雪が降らないと

겨울이 아닌 것 같다고 말한다.

冬じゃないみたいと言う。

안녕이라고 말한다고 해서

サヨナラを口に出したから

우린 사랑이 끝난다고 말한다.

私たちは愛が終わるのだと言う。

안녕이라고 말했기 때문에

こんにちはと言ったから

시작된 만남이 아니었는데도.

出会いが始まったわけでもなかったのに。

당신은 말이야.

あなたはね。

건조해져서는

乾ききって

아무렇지 않은 척

なんでもないふりをしながら

내 등을 쓸어내렸어.

私の背中を撫で下ろした。

바람이 차가운 것도 아니야.

風が冷たいわけでもない。

눈물이 부족한 것도 아니야.

涙が足りないわけでもない。

눈이 내려 녹으면

雪が降って溶けると

흥건히 적셔질 텐데

ぐっしょり濡れるはずなのに

당신은

あなたは

건조해져서는

乾ききって

계속 나를 적셔요.

私を濡らし続けます。

무언가를 알고 싶어하는 마음은

何かを知りたがる気持ちは

도대체 무슨 마음일까.

一体どんな気持ちなんだろう。

금붕어가 헤엄치는 것 같아.

まるで金魚が泳いでいるみたい。

작은 소용돌이는 나를 죽일 수 없어.

小さな渦は私を殺せない。

그럼에도 불구하고, 계속, 그리고 계속해.

それにもかかわらず、続けて、また続ける。

강해지거나 소멸하지 않은 채

強くなったり消滅したりしないまま

나를 불안하게 만들고 있어.

私を不安がらせる。

그래서 나는 파멸을 자임했고

だから私は破滅を自任し

금붕어는 그 안에서 웃었어.

金魚はその中で笑った。

너는 나의 어떤 부분이 궁금해서

君は私のどんな部分が気になって

같은 곳을 계속 회전하고 있는 걸까.

同じ所をずっと回転しているんだろう。

무언가를 알고 싶어하는 마음은

何かを知りたがる気持ちは

누구에게나 존재하고 있지만

誰にだって存在しているけど

그게 무슨 마음인지는 아무도 몰라.

それがどんな気持ちなのかは誰も知らない。

괴로운 건 평범하고
辛いのは普通で
평범한 괴로움은 아프기 마련이고
普通な辛さは痛みを伴うもので
아픈 건 전혀 평범하지가 않다.
痛いのは全く普通ではない。
평범한 건 괴롭고
普通なのは辛くて
괴로운 평범함은 아프기 마련이고
辛い普通さは痛みを伴うもので
아픈 건 전혀 괴롭지 않다.
痛いのは全く辛くない。

스스로 기약했던 무언가.

自ら約した何か。

무언가는 멋대로 이행되어

何かは勝手に移行され

최후를 맞이하게 돼.

最期を迎えることになる。

아무것도 얻은 건 없어.

何も得たものはない。

단지 약속하고 싶었어.

ただ約束したかった。

나는 나의 최후를 빼앗겼어.

私は私の最期を奪われた。

너도 사실은

君も本当は

내게 오고 싶지 않았을 텐데.

私のところに来たくなかっただろうに。

인간은 왜 예견을 하는 걸까.

人間はどうして予見するのだろう。

충분히 왜곡된 생각을

十分に歪んだ考えを

어째서 성실하게 하고 있는 걸까.

どうして真面目にしているのだろう。

하지만 그런 탓에

だがそのせいで

누구도 잘못한 것이 아니게 되었어.

誰の過ちでもなくなった。

마음을 헤아리는 건 물을 만지는 것과 같아.

心を汲み取ることは水に触れることと一緒。

닿았을 때 온도를 느끼게 되는 것과 같아.

触れた時に温度を感じることと一緒。

차갑다든가 미지근하다든가 밖에는

冷たいとか生ぬるいとかしか

별로 느끼지 못하니까.

あまり感じられないから。

그래도 나는 물을 좋아해.

でも私は水が好き。

그 또한 전혀 변함이 없으니까

それもまた全然変わらないから

너도 그렇다고 믿어도 될까.

君もそうだと信じてもいいかな。

삶에 열중해야 한다는 규칙에 버려진 우리는

生に夢中になるべきという掟に捨てられた私たちは

돌이켜본 곳에 죽음이 있다는 것에 둔감해.

振り返った場所に死があるということに鈍感だ。

실수로 어느 쪽에라도 치우친다면

誤ってどっちかに傾いたら

우리는 모든 것을 잃게 돼.

私たちは全てを失うことになる。

사실은 인생이 무서운 거야.

本当は人生が怖いんだ。

그래서 계속 두리번거리고 있는 거야.

だからずっとキョロキョロしているんだ。

어느 쪽도 중요하지 않잖아.

どっちも重要じゃないでしょう。

인생을 나아가는 것만이 중요한 거라고.

人生を歩むことだけが重要なんだよ。

내가 웃어도 되는 거야?

私って笑っていいの？

네가 울어서

君が泣くから

당신이 울어서

あなたが泣くから

내 목까지 차올랐어.

私の喉まで込み上げてきた。

이대로 잠겨야 하는 걸까.

このまま沈められるべきなのかな。

나는 더 이상 목마르지 않아.

私はもう喉が渇かない。

결국 너만 힘들게 됐어.

結局君だけが辛い思いをすることになった。

당신만 그렇게 됐다고.

あなただけそうなったんだよ。

내일 아침 메뉴가 정해져 있다든가

明日の朝のメニューが決まっているとか

당신 칫솔을 바꿔야 할 때가 왔다든가

あなたの歯ブラシを交換する時がきたとか

갑자기 취소한 저녁 약속이 있다든가

急にキャンセルした夕食の約束があるとか

오일마사지에 잠든 모습이 사랑스럽다든가

オイルマッサージや寝顔が愛らしいとか

니트는 조금 어울리지 않는다든가

ニットは少し似合わないとか

매운 카레를 잘 먹는다든가, 린트를 사준다든가.

辛いカレーが平気だとか、リンツを買ってくれるとか。

이런 일상은 너무 깨지기 쉬워서

こんな日常はあまりにも砕けやすくて

우리는 투정을 부리고 있는지도 모른다.

私たちは駄々をこねているのかもしれない。

사소한 오차라도

僅かな誤差でも

우리는 모든 것을 그만둬야 한다.

私たちは何もかもやめなくてはならない。

그런 때가 오면 너는 내게 어떤 말을 할까.

そんな時がきたら君は私にどんなことを言うのだろうか。

일상을 사랑했다고

日常を愛していたと

약한 마음의 연속이었던 인생을 사랑하고 있었다고

弱い心の連続だった人生を愛していたと

네가 그렇게 말해준다면

君がそう言ってくれたら

어쩌면 나도 자신의 약한 마음을

もしかしたら私も自分の弱い心を

사랑할 수 있을 것 같은 기분이 드는데.

愛することができそうな気がするのに。

사랑하고 싶은 주제에

愛したいくせに

사랑한 주제에

愛したくせに

사랑하는 주제에

愛しているくせに

사랑하지 않았다고

愛してなかったと

심술궂은 말을 하는 것은

意地悪なことを言うのは

사랑해달라는 말이 듣고 싶어서 그렇다고

愛してほしいという言葉が聞きたいからなんだと

나는 내일에 그런 대답을 했다.

私は明日にそんな返事をした。

정말 좋아했던 책 한 구절도

本当に好きだった本の一節も

제대로 기억하지 못하면서

まともに思い出せないくせに

무척이나 싫어했던 과거를

とても嫌だった過去を

잊지 못한 채 살아가는 이유는 무엇일까.

忘れられないまま生きていく理由はなんだろう。

쾌락과 행복은

快楽と幸せは

각자 어떤 마음을 가지고 있을까.

それぞれどんな気持ちを持っているんだろう。

유흥이든 진리이든

遊びだろうが真理だろうが

나쁜 건 아무것도 없는데.

悪いのは何もないのに。

밤에 발버둥치며

夜、もがきながら

진리에 가까이 가지 않고서도

真理に近づけなくたって

그런 약한 자신이 난 너무 좋아.

そんな弱い自分が私は大好き。

어제 먹은 음식이 기억나지 않는다.

昨日食べた食べ物を思い出せない。

기억하고 싶지 않다.

思い出したくない。

이제 나에게 기억은 중요하지 않아.

もう私に記憶は重要じゃない。

남겨진 것을 사랑한 내가

残されたものを愛した私が

더 이상 그것들에 애정을 품지 않게 되었다.

もうあれに愛情を抱かなくなった。

그래서 살아있을 가치가 없는 거야.

だから生きている価値がないんだ。

기억이 나지 않아도

思い出せなくても

기억한다는 행위가 싫어진다고 해도

憶えるという行為が嫌になったとしても

나는 살아도 되는 걸까.

私は生きていてもいいんだろうか。

불쌍한 생명이 존재한다.

哀れな命が存在する。

변명의 점멸과 소통의 과부하.

言い訳の点滅と疎通の過負荷。

너에게 어떤 말을 하면

君にどんなことを言えば

완벽하게 정직한 이유를 이야기해서

完璧に正直な理由を話して

쓸데없는 대답을 강요하지 않게 될까.

無駄な返事を強要しなくなるだろう。

때때로 변하는 것, 그 이상의 치기.

時々変わるもの、それ以上の稚気。

불쌍한 생명이라고 생각하고 있다.

哀れな命だと思っている。

두 번 다시

二度と

너를 생각하는 일은 하지 않을 것이다.

君のことを考えるようなことはしない。

그건 되돌아간 것이 아니라
あれは戻ったわけじゃなくて
그저 등을 돌리고 서 있었다.
ただ背を向けて立っていた。

괜찮다고 해서

大丈夫だと言って

정말 괜찮게 되는 게 아닌 것처럼

本当に大丈夫になるわけじゃないように

알고 싶다고

知りたいからといって

정말로 알게 되는 것은 아니다.

本当に知るようになるわけじゃない。

나는 내일에 대해서

私は明日について

정말 많은 질문을 퍼부었지만

本当にたくさんの質問を浴びせたが

그렇게 알게 되는 것은

そうやって知らされるのは

아무 일 없도록 결말지어진다는 것을

何もないようにと結末をつけられるということを

눈치채는 게 실은 너무 늦었거든.

気づくのが本当は遅すぎたんだ。

신님

神様

간절히 원한다는 건 어떤 것일까요.

切に願うということはどんなことでしょう。

당신을 믿지 않아도

あなたを信じなくても

원하는 것만으로 괜찮은가요.

欲するだけでいいんですか。

간절히 당신을 원해야 하나요.

切にあなたを欲するべきですか。

단지 믿음을 제물로 하는 부탁인가요.

ただ信ずる心を供物にするお願いなんですか。

기억은 기억하려는 순간 소멸된다.

記憶は記憶しようとする瞬間消滅する。

어째서 내가 잡으려는 것은

どうして私がつかもうとするものは

나에게서 도망쳐버린 걸까.

私から逃げてしまったんだろう。

기억에 남겨두고 싶지 않았던 조각들은

記憶に残しておきたくなかった欠片たちは

계속 나를 배회하며 기억되고

ずっと私の周りを徘徊しながら記憶に残り

사랑했던 모든 것은 망가져버렸다.

愛した全ては壊れてしまった。

결국 같은 것들이었을까.

結局同じものだったか。

처음 달을 본 날에

初めて月を見た日に

너는 나에게 가르쳐 주었다.

君は私に教えてくれた。

눈물을 가득 모을 수 있도록

涙をいっぱいためられるように

크게 다치는 방법.

大怪我をする方法。

분명 아파서 괴로웠지만

確かに痛くて辛かったけど

전혀 외롭지 않을 만큼

全く寂しくないほど

여기에 가득 찼으니까.

ここにいっぱい詰まったんだから。

혼자 버려진 기분이 들었다.

一人捨てられた気がした。

그래서 나는 버려지게 된 것이다.

だから私は捨てられることになったのだ。

순간마다 폐기된 이유는

その瞬間ごとに廃棄される理由は

그런 기분을 느꼈기 때문이다.

そんな気持ちを感じたからだ。

정말로 버려진 것이 아니라.

本当に捨てられたのではなくて。

누군가가 살해당하는 꿈을 꾸었다.
誰かが殺される夢を見た。
분명히 누구였는지 기억하지만
はっきりと誰だったのか覚えているけれど
왠지 반가워 보였던 표정에 대해
なんだか嬉しそうだった表情について
더 이상 떠올리고 싶지 않았다.
もう思い出したくなかった。
그렇게 계속 도망쳐 왔지만
そうやって逃げ続けてきたが
그 사람이 지금 내 앞에 있다.
その人が今、私の前にいる。

이미 죽어있는 우리는

もう死んでいる私たちは

살아있다는 것을 느끼지 못한 채

生きていると感じられないまま

살아야 할 이유를 찾고 있다.

生きるべき理由を探している。

이유 따위를 손에 쥐고서

理由なんかを手に握って

죽어있는 자신과 마주보며

死んでいる自分と向き合って

정지된 탄생을 돌이켜 본다 해도

静止した誕生を振り返ってみたとしても

이미 끝나버린 세계를 보았다.

もう終わってしまった世界を見た。

사실은 아무것도 흐르지 않아서

本当は何も流れてなくて

모든 게 정해져 있고 미래 같은 건 없어서

何もかも決まっていて未来などなくて

현재는 찰나인 탓에

現在は刹那だから

과거를 위로해주지 못해서

過去を慰めてあげられなくて

소원해진 우리는 만났다고 착각하며

疎遠になった私たちは会ったと勘違いしながら

사랑하고 있다고 자위한다.

愛していると自慰する。

무엇 하나 농밀해지지 못해도

何一つ濃密になれなくても

모두가 웃게 되는 거라면 그걸로 된 걸까.

みんなが笑うようになるのならそれでいいのかな。

마음을 드러내는 것은 강하다는 증거다.

心をさらけ出すのは強いという証拠だ。

말에는 무게가 있어서 가라앉는다.

言葉には重さがあるから沈む。

그러니 우리 약속은 하지 말자.

だから私たち、約束はしないことにしよう。

지켜지는 건 아무것도 없다고 생각하니까.

守られるものは何もないと思うから。

나는 없는 게 아니야.

私はいないんじゃない。

있지 않은 것뿐이야.

いないだけさ。

나는 어딘가에 존재하고 있어.

私はどこかに存在している。

네 옆에 있지 않을 뿐이야.

君の隣にいないだけさ。

그러니까 너무 마음 아프지마.

だからあまり心を苦しめないで。

우리는 평행하지 못해서

私たちは平行になれなくて

언젠가 다시 만나게 될 거야.

いつかまた会うことになるよ。

내가 있는 장소와

私がいる場所と

내가 있지 않은 그 장소가.

私がいないその場所が。

불행한 것이 좋아.

不幸なのがいい。

아침도 아닌 시간에

朝でもない時間に

언제부터인가

いつのまにか

헤아릴 수 없는 순간에 꿈은 깨져버려.

数えきれない瞬間に夢は覚めてしまう。

현실은 이질감에 싸여 있어.

現実は異質感に包まれている。

피폐한 광활함에 내던져진

疲弊した広闊さに放り投げられた

나의 가련한 육체

私の可憐な肉体

악취가 나는 그것은 상해가고 있어.

悪臭を放つそれは 腐っていく。

이렇게 불쌍한 자신에게 난 취해버리고

こんなに哀れな自分に私は酔ってしまい

영원하지 않은 목숨으로

永遠じゃない命で

평생 이렇게 지내고 싶다든가

一生こうやって暮らしたいとか

그런 보잘것없는 마음을 나는 품고 말아.

そういうくだらない気持ちを私は抱いてしまう。

마른 눈꺼풀로 울먹이는 상상을 해.

乾いたまぶたで涙ぐむ想像をする。

끝내 울어버린다면

とうとう泣いてしまったら

그때는 아무것도 할 수 없게 될까봐.

その時は何もできなくなりそうで。

심한 우울로 종일 울 수밖에 없었던

ひどい鬱で一日中泣くしかなかった

그런 날은 지나갔습니다.

そんな日は過ぎ去りました。

더는 울지 않아요.

もう泣きません。

울먹이는 상상을 할 뿐이에요.

涙ぐむ想像をするだけです。

누군가에게 전해진 무언가는

誰かに伝えられた何かは

저에게 새로운 마음을 갖게 할 것입니다.

私に新しい心を持たせます。

그 마음은 너무 약해서

その心はあまりにも弱くて

몇 번이고 사라지고 싶다 말합니다.

何度でも消えたいと言います。

그것은 약한 마음.

それは弱い心。

전하고 싶다고 해서

伝えたいと言って

언제까지나 주고받을 수 있는 게 아닙니다.

いつまでも交わせるものではございません。

언젠가 전해지지 못할 때가 올 겁니다.

いつか伝えられなくなる時が来ます。

다쳐서 괴로운 마음이 가득해도

傷ついて、辛い気持ちでいっぱいでも

그것을 역겨울 만큼 끌어안아야 합니다.

それを虫酸が走るほど抱え込まなければなりません。

앞으로도 나는 사라지고 싶다고

これからも私は消えたいと

외로움에 짓눌려 하찮아지겠지만

寂しさにしがみついてつまらなくなるだろうけど

이로써 종결입니다.

これで終結です。

안녕하세요. 키세입니다.

こんにちは。KISEです。

이 책의 첫 파트는 유서였습니다.

この本の最初のパートは遺書でした。

그러나 유서를 완성하고 나니 더 이상 눈물이 나지 않았습니다.

しかし遺書を書き上げると、もう涙は出ませんでした。

그야말로 공허에 떨어진 것입니다.

それこそ空虚に落ちたのです。

그렇게 해서 만들어진 것이 두번째 파트입니다.

そうやって作られたのが二つ目のパートです。

일어를 함께 적은 것은 무라카미 하루키의 영향입니다.

日本語を一緒に載せた理由は村上春樹の影響です。

제가 글을 쓰게 된 계기는 노르웨이의 숲을 읽은 후였으니까요.

私が文を書くようになったきっかけは「ノルウェイの森」を読んでからだったので。

초등학생 때 알게 된 책이라서 무슨 말을 하는지도 모르고

小学生の時に知った本だったので何を言っているのかもわからないまま、

단지 좋아했던 기억이, 저를 살게 한 것입니다.

ただ好きだった記憶が、私を生きさせたのです。

글의 순서가 혼잡한 것은 저의 마음이 치유되는 과정과 같습니다.

文の順が混雑しているのは私の心が癒やされる過程のそれと一緒です。

체계적인 건 아무것도 없습니다.

体系的なのは何もないのです。

인간은 자신의 모든 것을 완벽하게 구사할 수 없는 구조를 가졌다고 생각합니다.

人間は自分の全てを完璧に駆使できない構造を持っていると、私は思います。

그래서 저마다의, 개인의 세계를 가지고 있다고 생각합니다.

だから各々の、個人の世界を持っていると思います。

그 세계의 아이러니, 그것은 곧 자기 자신입니다.

その世界のアイロニー、それは即ち自分自身です。

아이러니한 세계 속에서 우리는 살아가고 있는 것이라고 생각합니다.

アイロニーな世界の中で私たちは生きていくのだと思います。

그래서 잘못을 저지르고 멋대로 울어버리거나 쓸데없는 것에 화를 낸다고 생각합니다.

だから過ちを犯して勝手に泣いてしまったり、無駄なことに怒ったりするのだと思います。

하지만 그런 감정들을 어느 방식으로라도 풀어낼 수만 있다면

しかしそういった感情はどんな方法でもいい、解きほぐすことさえできるのなら

우리는 살아갈 수 있다고 생각합니다.

私たちは生きていけると思います。

그것이 삶이든 죽음이든, 인생은 끝나지 않으니까요.

それが生だろうが死だろうが、人生は終わりませんから。

저는 구제불능의 육체를 가진 인간은 불행하다고만 생각했습니다.

私はダメダメの肉体を持った人間は不幸だとばかり思っていました。

그렇기 때문에 죽음을 택해야 행복해질 수 있다고 믿었습니다.

だから死を選んでこそ幸せになれると信じていました。

그런 불행을 감추기 위해 삶에는 일회성 쾌락이 존재한다고 생각했습니다.

そういった不幸を隠すために生には一回性の快楽が存在するのだと思っていました。

이러한 생각으로 자살시도를 두 번 한 적이 있습니다. 그때 생각했습니다.

こういった考えの元で二回、自殺を図ったことがあります。あの時思いました。

사후에도 지금과 같을 것이라고.

死後も今と変わらないのだと。

이세계와 같은, 또 다른 세계에 불과한 것이라고.

異世界と同じ、また違う世界に過ぎないのだと。

저의 글이 궤변이라고 생각될 수 있습니다. 하지만 이것이 저의 세계입니다.

私の文は詭弁だと思われるかもしれません。が、これが私の世界です。

아무에게도 이해받지 못해도 괜찮은 것입니다.

誰にも理解されなくても大丈夫なのです。

살아가면서 자신의 세계를 구축하는 것, 그것이 곧 인생이라고.

生きていきながら自分の世界を構築すること、それこそ即ち人生だと。

그렇다고 해서 자살을 매도할 생각은 전혀 없습니다.

だからといって自殺を罵倒するつもりは全くありません。

저 또한 언젠가 다시 삶을 포기하게 될지도 모르니까요.

私もいつかまた生を諦めることになるかもしれませんから。

저는 목숨을 잃었다고 해도 그것으로 인생이 끝날 것이라고 생각하지 않습니다.

私は生命を失ったとしてもそれで人生が終わるとは思いません。

단순히 말해 인생은, 자신이 원하는 것을 예찬하면 되는 것이라고 생각합니다.

単純に言って人生とは、己が欲することを礼賛すればいいと思います。

저는 앞으로 저의 세계를 완성해 나갈 것입니다.

私はこれから自分の世界を完成していくつもりです。

비록 누구도 이해할 수 없는 세계라 할지라도 말입니다. 감사합니다.

たとえ誰も理解できない世界だとしてもです。ありがとうございます。

아무에게도 전하지 못할 말을 적어서 어딘가에 버려주세요.

誰にも伝えることができない言葉を書いてどこかに捨ててください。

지은이 키세
번　역 사야님

1판 1쇄 발행 2019년 11월 26일

저작권자 키세

발 행 처 하움출판사
발 행 인 문현광
편　　집 홍새솔
주　　소 전라북도 군산시 축동안3길 20, 2층 하움출판사
I S B N 979-11-6440-082-9

홈페이지 http://haum.kr/
이 메 일 haum1000@naver.com

좋은 책을 만들겠습니다.
하움출판사는 독자 여러분의 의견에 항상 귀 기울이고 있습니다.

이 도서의 국립중앙도서관 출판예정도서목록(CIP)은 서지정보유통지원시스템 홈페이지(http://seoji.nl.go.kr)와
국가자료종합목록 구축시스템(http://kolis-net.nl.go.kr)에서 이용하실 수 있습니다. (CIP제어번호 : CIP2019046133)